おどろしの森

滝川さり

角川ホラー文庫
22392

目次

序章　出来心　5
第一章　新天地　11
第二章　傾城町　61
第三章　好色家　90
第四章　感染源　120
第五章　自堕落　135
第六章　地獄変　165
第七章　禁足地　213
最終章　再出発　299

序章　出来心

ベッドの下にいるのは確実だった。あとは、ソファーの裏にも。

あれは身を隠して、じっとこっちの様子をうかがっている。

笑い声が、壁の向こうから聞こえる。

怯《おび》え切った男を嘲笑《あざわら》う声だ。

三宮《さんのみや》にあるラブホテルの一室——そのベッドの上で、男は動けずにいた。

眼球だけを動かして、ベッドの脇にあるデジタル時計を見る。あの子が部屋を出ていってから、もう五分以上経つ。それなのに、あれの気配がずっと消えない。

（い……今までとちゃう……な、何か）

耳を澄ませる。エアコンの音に混じって、女の笑い声がする。それと、衣擦《きぬず》れの音。

独特の甘い匂いが鼻につく。部屋の隅に置かれているアロマとは違う。寺で嗅《か》いだことのあるような……お香に似た香りだ。

壁掛けのテレビがひとりでに点《つ》いたかと思うと、男女が絡み合う様子が流れ出す。異様な空気の部屋に、女の喘《あえ》ぎ声が響く。だが、さっきまで怒張していた男のものは恐怖に縮こまっている。

　うふっ……ふふふ……

まただ。またあの笑い声が、ベッドの下から聞こえた。

……動けない。直感でわかった。ベッドから降りれば、あれは襲い掛かってくる。

手に持ったスマートフォンを持ち上げる。あれを刺激しないように、ゆっくりと。

（だ、誰かに……助けを）

真っ先に思い浮かんだのは、昨日会った老齢の女霊媒師の顔だ。経験豊富で有能だと聞いていたが、大外れだった。あの老女は、男を見てはっきりと言ったのだ。

——あんたには何も憑いとらん、と。

ふざけるな。ギリ、と奥歯を噛《か》みしめる。だったら、この状況は何だ？

恐らくあの老女は「本物」ではなかったのだろう。

でなければ、おかしい。だって、あんなに、はっきりと——

カチャンッ

ドアレバーが下りる音がした。ハッと扉の方を見る。

そこにあった光景に、男は目を剝《む》いた。

大きな手が、ドアレバーを摑《つか》んでいた。

大蛇のように長い腕だった。男は叫びたい衝動をこらえて、おそるおそる視線を下へ向ける。ずる……と重いものが床に擦《こす》れる音が、すぐ下から聞こえる。

腕は、男のいるベッドの下から伸びていた。

一切の生気を感じさせない青白い肌。何本もの腕が連なっており、関節の部分がずる……ずる……と悶《もだ》えるように蠢《うごめ》いている。ふいにお香の匂いが消え、代わりにひどい悪臭がツンと鼻の奥をさした。肉の腐ったような臭いだ。

（お……落ち着け……）

男は自分に言い聞かせる。心臓が早鐘を打つ。クーラーが効いているはずなのに、汗が止まらない。

ふと、ある人物の声がよみがえった。

——いい加減にしないと、誰かさんに呪われるよ。

脳裏に閃光《せんこう》が走る。呪い……これがそうなのか。

スマートフォンのカバーにあるポケットから、一枚の名刺を取り出す。

裏に手書きされていた電話番号を、震える指で打ち込む。

数コールで相手は出た。

『……もしもし？』

その声は、店で会ったときよりもいくらか低かった。男は開口一番で告げる。

「の……呪うんをやめろ」

短い沈黙の末、電話の相手はふっと短いため息を吐いた。

『何のこと？ ていうか、今日は出勤じゃないんだけど――』

「とぼけんなや」

精一杯ドスを利かせたつもりだったが、男の声は震えていた。

「お、お前が――俺を呪うたんやろ？ 三日前に、あの後に」

言いながら、男はあの夜のことを思い出す。確かに悪いことをしたとは思うが、ほんの出来心だったのだ。相手は水商売の女だ。呪われるほどのことではない。

ましてや……呪い殺されるほどのことでは。

「何した？ 藁《わら》人形に釘《くぎ》でも打ったか？ 処女でもあるまいに、なめた真似しとったら、今度は家までいって――」

すると、笑い声が聞こえた。電話の向こうからだ。男女の入り混じった声。

テレビだ、と男は気づく。電話の相手が「あはは」と笑う。

こいつは今、テレビを見ている。

人を呪っておきながら。

ふざけんな、と男は吼《ほ》えた。それから、思いつく限りの言葉で罵《ば》倒《とう》する。そうすることで、眼前の恐怖から意識を逸《そ》らそうとした。

電話口から聞こえてきたのは、心底うんざりした声だった。

『呪いなんて知らない』

その声に、男は耳を疑った。

「何や、今の——お、お前、誰や？」

そのとき、首筋にぺたりと冷たいものが触れた。

腐敗臭が唐突に強くなる。「うふふ」という女の笑い声が——上から、降ってきた。

思考が停止する。心臓が張り裂けそうなほど、鼓動の音が響いている。

男はぎこちない動作で顔を上げた。

「あ——」

声が漏れる。

「手が」

青白い手が。

「何本も」

近づいてくる。

「天井から」

枝垂《しだ》れ柳みたいに。

「髪が」

黒い。

「爪が」

真っ赤な。

「冷たい」

痛いほど。

「天井に」

びっしりと。

「壁にも」

びっしりと。

「そこら中に」

逃げられない。

『さよなら』

そして、ぷっと電話が切れる。

うふふ……

あの笑い声が、男の耳元で聞こえた。

第一章　新天地

一

「ここが本日のメインですね。尼子《あまこ》様にぴったりの物件だと思いますよ」

車を停めると、まだ若い女性の営業が言った。

尼子拓真《たくま》は乳白色の建物を見上げた。二階建ての一軒家だ。スタイリッシュモダンな木の家——手元のチラシにはそう書かれていた。

神戸《こうべ》市×区。３ＬＤＫ。駐車場付き。南向き。そして予算の範囲内。条件はひと通りクリアしている。駅からはやや遠いが、その代わりに、今は義母が一人で住んでいる妻の実家が近い。車で十分もあれば着く。

玄関扉を開けて中に入ると、木の爽《さわ》やかな匂いが拓真たちを包んだ。

「わぁ、ええ匂いやなぁ」

妻の茉祐《まゆ》が明るい声を出した。

「新築ですからね。先月できたばっかりなんですよ」

眼を輝かせる茉祐の前に、営業の女性——谷岡《たにおか》といったか——が手提げ袋からスリッパを出す。

リビングの扉を開けると、茉祐がまた嬉《うれ》しそうな声をあげた。

「めっちゃきれいやなぁ」

柱や梁《はり》には、木目の見える無垢材《むくざい》が使われていた。リビングは一部が吹き抜けになっていて、開放的な印象だ。掃き出し窓が大きく、午後の陽射しがふんだんに入ってクリーム色のフローリングを照らしている。窓の外には小さな庭があった。まるで茉祐の理想をそのまま形にしたような家だ。

「木材は強度に優れているうえに、周囲の温度の影響を受けにくいんですよぉ」

谷岡は滔々《とうとう》と語った。木の家はリラクゼーション効果があること、この家は国産杉を使用しているので安全安心であること、最近では木の家が若い人からも注目を集めていること……。彼女は明らかに茉祐に向けて話していた。住宅営業は、夫婦で来た客に対しては妻を狙い撃ちにするよう教育されているはずだ。家具の営業販売をしている拓真はそのことを知っていた。

拓真の腕の中では、四歳になる息子の勇真《ゆうま》が寝息をたてている。今日はもう三件も物件を回っているので、疲れたのだろう。

「わぁ、拓真、これ見て」

茉祐の歓声が聞こえた。キッチンからバスルームへの動線があることに感激しているらしい。普段はしっかり者の彼女があんなにはしゃぐのは珍しかった。

（これは……ここで決まりかな）

確かにいい家だった。清潔で陽当たりもいい。試しに窓を開けてみると風通しもよかった。芝生の庭を見て、つい勇真や祐希《ゆうき》が花火をしているところなどを想像してしまう。

中を振り返り、二階を見上げる。吹き抜けの手すりの向こうに、部屋の扉が見える。

わずかに開いていたその扉が——次の瞬間、パタンと閉まった。

「え……？」

拓真は首を傾げた。

……今、扉を閉める手が見えたような……？

茉祐たちは今バスルームにいる。同行している営業も一人だけのはずだ。

自分たち以外に、誰かいるのだろうか。妙に気になり、拓真は確かめてみることにした。勇真をソファーに寝かせて、リビングの端にある階段をゆっくり上っていく。

窓が大きく、二階にも日光が射し込んでいて明るい。

階段を上って廊下を渡り、問題の扉の前に立つ。

ドアノブを引いて、開ける。

中には——誰もいなかった。

カーテンのついていない奥の窓には鍵《かぎ》がかかっている。収納扉を開いても何もない。

……やはり気のせいか。窓を開けたせいで気圧が変わり、自然と閉まったのだろう。

何となしに部屋を見回す。ここは祐希の部屋かな、などと考えていると――ふいに、お香に似た芳しい香りが鼻《び》腔《こう》をくすぐった。

懐かしい匂いだ。ずっと昔、祖父の家で嗅《か》いだことのある――

うふふ

そのとき、耳のすぐそばで女の笑い声がした。

バッと耳に手をやり、後ろを振り返る。

扉のところで、谷岡が驚いた表情で立っていた。

「……あ、申し訳ございません。お二階に上がられるところが見えたので」

拓真を追ってきたらしい。勝手にうろちょろされては困るのだろう。

「すみません……何かその、人がいるような気がして」

「人、ですか？」

「いえ、気のせいでした。……それより、今、笑いました？」

「え？」

「いや、何でも……」

谷岡は一瞬訝《いぶか》し気な顔をしたが、茉祐がやってくるとすぐに笑顔を取り戻し、二階の部屋についてすらすらと説明を始めた。

　拓真もそれ以上考えることはなかった。

　匂いは、いつの間にか消えていた。


　自宅に帰っても、茉祐は浮き立っていた。絶対にあの家がいいと力説する。

「けど、祐希の意見も聞いたらなあかんやろ」

　拓真が言うと、茉祐は「まぁせやけど」と味噌汁《みそしる》を小皿に注いで味見をした。

「今日もいく言うてたのについていけぇへんかったし、何でもええ思てるんよ。高校出たら一人暮らし始めるかもしらんし」

　娘の独り立ちという現実をふいに突き付けられ、拓真はビールが不味《まず》くなった。

　祐希は高校一年生で、この春に入学したばかりだ。今日の内覧も一緒にいくと言っていたが、今朝になって「やっぱり友達と遊びにいく」と出ていった。すでに午後七時を回っているが、まだ帰ってきていない。高校生活を楽しんでいるのはいいことだが、マイホーム購入という家族の一大行事に関わってくれないのは、少しさびしかった。

「ええやん、あそこ。広いし明るいし新築やし。営業の人も早よせな他のお客さんに取られる言うてはったよ」

　不動産会社は決まってそう言うものだが、茉祐が上機嫌なのは微笑ましい。四十歳にして念願のマイホーム——それも憧《あこが》れていた木の家が手に入りそうでよっぽど嬉しいのだろう。思えば彼女は家族を優先してばかりで、ろくに欲しい物も言わなかった。できるだけ希望は叶えてやりたい。

「なぁ、でも、あの家さ……変な声せんかった？」

「えぇ？　営業の人の声やろ」

いや、そやなくて、と続けようとしたとき、リビングの扉が開いて、祐希が帰ってきた。

「ただいま」

疲れた声だった。「おかえり」と拓真は彼女の方を向き、まだ幼さの残る顔立ちに似合わない紅《あか》い口紅の塗られた唇から目を逸らした。中学の頃と比べてひどく派手になったその恰好《かっこう》を横目で見て、缶ビールをあおった。

「ご飯は？」と茉祐。

「マクド食べてきた」

そう言ってソファーに倒れ込む。またファストフードか——という言葉を拓真は飲み込んだ。付き合いがあるのだろう。

「祐希。……お父さんらな、ええなって思う家見つけてきてん。どう思う？」

拓真は立ち上がり、今日内覧した物件のチラシを祐希に渡した。祐希はまるで部下の企画書を見る上司のようにそれを眺めると、すぐにローテーブルの上に置いてしまった。

「ええんちゃうの」

それだけだった。茉祐を見ると、「ほらね」と言いたげな顔をしている。

拓真はチラシを持って元いた椅子に戻り、印刷された新居の外観を眺めた。条件はクリア、予算内で、何より茉祐が気に入っている——何も問題はないはずだ。

「ほな、ここにしよか」

茉祐が「やった」と声をあげて、床で遊んでいた勇真を抱き上げた。勇真はよくわかっていないようだったが、満面の笑みの母親を見て笑っていた。


買うと決めてからは早かった。何せ、ものはすでに建っている。不動産会社や銀行と書類のやり取りを終えると、物件はほどなくして尼子一家のものになった。

家具は一新したので、引っ越しの手間もそうかからなかった。想定よりも費用はかかったが、「向こうの家が援助するならこっちも出さないわけにもいかない」と拓真の両親が言ってくれたので助かった。

引っ越しは、五月の終わりに完了した。

何もかもが真新しい住まい。拓真は清々《すがすが》しい気持ちだった。特に茉祐は喜んでいて、家の前で記念写真を撮ったときには「ありがとう」と涙をこぼしていた。祐希は、新しい部屋を与えられて嬉しそうだったが、鍵がついていないことに気づいて文句を言い、茉祐にたしなめられていた。反抗期はまだまだ終わりそうにない。勇真はと言えば「前のんがいい」と頬を膨らませていた。

ともあれ、拓真は幸せだった。人生最大の買い物を終えたという満足感があった。もちろんローンはあるし、勇真もまだ小さい。祐希だって今後お金がかかる。まだまだこれからだという気がした。一層仕事に励むように、と上司にも背中を押されている。初夏の風が心地よい、充実した心地。
しかしそんな日々は——ものの一ヶ月と続かなかった。

二

朝、拓真はリビングの扉を開けて——思わず鼻をひくつかせた。

お香のような匂いがしたのだ。

内覧のときと同じ匂いだ。茉祐が気に入って同じものを焚いたのだろうか。

洗面所にいって顔を洗っていると、茉祐が寝室からやってきた。

「おはよう。あのお香、気に入ったんや？」

「お香って？」

リビングで焚いとるやつやと言うと、茉祐は首を傾げた。焚いたことを忘れているのだろうか。二人でリビングにいくと、匂いは綺麗さっぱり消えていた。

「……そんな匂いする？」

「……あれ？」

そんなはずはない。リビングを離れたのはほんの数分で、換気もしていない。

なのに、今では、昨日までの木の香り漂う空間に戻っている。

「気のせいやないの？」

茉祐はそう笑ったが、拓真は腑に落ちない。犬のように鼻をひくつかせながら部屋中を回ったが、あれだけ濃かったお香の匂いが嘘のように消えている。

「何でや……？」

寝ぼけてたんやないの、と茉祐がキッチンに入る。狐につままれたような気持ちで、拓真は立ち尽くした――そのとき。

……うふふ、ふ……

知らない女の声がして、拓真はギクリとした。

だが、振り返っても、キッチンのカウンター越しに朝食の用意をしている茉祐が見えるだけだ。

視線に気づいた茉祐が顔を上げる。

「どないしたん？　怖い顔」

「……あのさ、今、笑った？」

内覧のときに谷岡にしたのと同じ質問だ。茉祐はきょとんとした表情をしている。

「いや？　笑ってないけど」

そうだろうな、と拓真は思う。

今の笑い声も——耳元でしたのだから。

それ以来、奇妙な匂いはふいに漂うようになった。

寝室で、トイレで、脱衣所で——場所も時間も問わなかった。そして、ものの数秒間で消えてしまう。

そして不思議なことに——匂いは拓真にしか感じ取ることができなかった。

ある夜、寝室にいるとまたお香の匂いがしたので、隣でうとうとしている茉祐を起こしたことがあった。匂いは部屋に充満していた。拓真は茉祐があまりの臭さに目を覚ますかと思ったが、彼女は寝ぼけ眼のまま言った。

「……何が？」

何がて、匂いするやろ、ほら、と彼女の鼻に向けて手を振ったりもしたが、茉祐にはまるでわからないようだった。

祐希とリビングで二人のときだ。にわかに甘い香りがして、祐希に確認したが、彼女は騒ぐ拓真を冷たい目で見て言った。

「せぇへんよ。あほちゃう」

拓真は家中をひっくり返して匂いの原因を探してみたが、どうしても見つからない。

「鼻がおかしくなったんやないの？」

茉祐に勧められて耳鼻科にもいってみたが、異常は見つからなかった。

　まぁ放っておけばそのうちなくなるだろう——そうタカをくくっていたが、今度は奇妙な声まで頻繁に聞こえるようになってきた。

　あの、知らない女の笑い声だ。
匂いと同じで、家中のどこでも起こった。高い低いの特徴があり、一人の女のものではない気がする。

　声がすると、拓真は茉祐と娘を見た。どちらの声とも違うとわかっていても、確かめずにはいられなかった。二人の答えはやはりノーで、何度も尋ねていると祐希は「笑たらあかんの？」と拓真をにらむようになった。

「勇真は、何か変な匂いしたり……声とか聞こえるか？」

　クレヨンでのお絵描きに夢中になっていた勇真は、赤く塗られた画用紙を見つめたまま「うた」と言った。

「うた？……歌が聞こえるんか？」

　こくんと頷き、勇真は舌足らずな声で歌い出した。

　　でんでらりゅうばぁ　でてくるばってん
　　でんでられんけん　でーてこんけん
　　こんこられんけん　こられられんけん
　　こーんこん

聞いたこともない歌だ。テレビで流れていたのだろうか。

「それは、どこから聞こえたん？」

「テレビのうらから」

やはり関係なさそうだ。考えてみれば四歳の子に訊いても仕方がない。

拓真は、やはりおかしいのは自分なのかと不安になった。別の病院にいってみると、ストレスによる幻覚症状だろうと診断された。心療内科を紹介されたが、悩んだ末にいかなかった。新しい生活に――茉祐や家族の笑顔に、水を差したくなかったのだ。

自分が我慢すれば済むのなら、それでいい。

このときは、そう思っていた。

六月の下旬。とある休日の、午後のことだった。

茉祐は買い物で、祐希は友達と遊びにいっていた。

拓真はリビングにクーラーを効かせ、ぼんやりとテレビで映画を観ていた。勇真はヒーローの人形と扇風機を戦わせている。

ひんやりとした空気は心地よく、拓真はうとうとしかけていた。目を閉じたり、開いたりを繰り返す。映画の音声が意味の通らない雑音になってくる。

じゅば、びゅう、と勇真が戦いの効果音を口で発している。寝てはいけない。勇真を見ていなければ。そう思いつつ、まぶたが落ちる時間が長くなっている。
やがて完全に目を閉じる。窓に射し込む日光がまぶたに透けて橙色《だいだいいろ》が見える。
夢の世界に入りかけたとき、
ふふ、ふ……
――あの声が聞こえた。
（まただ）
身体は強張《こわば》ったが、目は閉じたままだった。ただの幻覚だ。そう自分に言い聞かせる。
うふふ、ふ
声は耳元で聞こえる。拓真は顔をしかめた。
（今……耳たぶに息がかからなかったか……？）
幻覚だ。そんなはずはない。とろとろとした眠気に身を委《ゆだ》ねようとする。
ふふ、ふ
女の声はまだ聞こえる。
ふ、ふふ、ふ……く、くくく
まどろみの中で、おかしいと感じ始めていた。
長いのだ。いつもなら短い笑い声だけで終わるのに。
いつの間にかテレビの音が消えている。クーラーの音も。

聞こえるのは、くくくく、という笑いを噛《か》み殺すような声。

それと、さら……という衣擦《きぬず》れの音だ。

すると、まぶたに透けていた光が遮られて、薄暗くなった。

何かが、自分の顔の前にある。

うふ……ふふ……ふ、くっ、くふっ……

笑い声は、すぐ目の前で聞こえた。お香の匂いが、今までにないほど濃く香る。

（……違う。これは、幻覚やない）

誰かが、拓真の顔を覗《のぞ》き込んでいるのだ。

心臓の鼓動が早くなる。口の中が急速に渇いていく。

いつもと違うことが起きている。

――そうだ、勇真は？

「……勇真？」

声をかけても返事がない。目を開けようとして――拓真はためらってしまう。

目の前にいるであろう女の顔を想像してしまったのだ。それでも意を決して目を開けようとするが――開けられない。

身体が固まっている。

ふーっと鼻のあたりに息を吹きかけられる。びくりと肩が跳ねる。「うふふふ」と女のいたずらめいた笑い声がする。

どうすればいいかわからない。身体中に悪寒が走る。
あかん、こ、怖い。でも――
そのときだ。まぶたに透ける光が戻った。
すっ……すっ……と、布がフローリングの上を移動するような音がする。
きい……
扉が開き――そして、かちゃん、と扉が閉まる音と共に、身体の自由が戻った。
目を開けると、天井の木目が見えた。テレビの音がよみがえる。
拓真はソファーから飛び上がると、扇風機の前で固まっていた勇真を抱きしめた。
「ゆ――勇真！　大丈夫やったかっ？」
勇真は真っ青な顔で、拓真の顔を見るなり、大声で泣き始めた。
「まだおる！　まだおる！」
小さな指がさす先を見て、拓真は息を呑《の》んだ。
リビングの扉のすりガラス――その向こうに、誰かがいた。
真っ白な肌に紅《あか》い口紅――女だ。極彩色の派手な着物を着ている。
輪郭が潰《つぶ》れて細かな顔の作りは見えない。
それでも、二つの黒い窪《くぼ》みがこっちを向いているのはわかる。
恐ろしさのあまり、身体がまた硬直する。
額に浮かんだ汗が、つ、と鼻筋に沿って落ちる。

すると、女のシルエットがぐにゃりと歪《ゆが》んだ。

そのまま、まるで煙のように消えてしまった。

残ったのは、すりガラス越しの、廊下の白い壁だけ。

呆然《ぼうぜん》とするしかなかった。

匂いも声も時間が経てば消えると思っていた。もしくは気にならなくなると。

でも違う。あれは、幻覚なんかじゃない。

「勇真、お前……あれ、見えたんか？　もしかして、匂いも、声も」

しらん、しらん、と勇真は頭を激しく振り、拓真の胸の内で泣き続けた。

三

ブランドの財布の中には、三千円しか入っていなかった。

外食が続いたせいだ。口座に入っているお年玉貯金も、新しい服や小物を買ったせいで底を尽きかけている。

カフェの真っ白いテーブルの下で、祐希は他の三人にバレないように財布を閉じた。

目の前にある、一二八十円もする白桃のパフェをにらみつける。これの会計も済んでいない。帰りの電車代を考えれば、家に着く頃には財布の中身は半分以下になっているだろう。

仕方のないことだった。同級生の三人——アイカも、チカも、ジュンナも、同じくらいの値段のスイーツを注文している。自分だけ何も食べないわけにはいかない。

「この後どないする？」

チカの問いかけに、ジュンナがスマートフォンをいじりながら「んー」と考える。十本の指にはそれぞれデザインの異なるネイルが施されていた。サロンにいってやってもらったらしい。

「カラオケでもいく？」

ええよー、とアイカが手を挙げた。ピンクゴールドの腕時計がキランと光る。

祐希は慌てた。この上にカラオケまでいけば、完全に予算オーバーだ。今日だけで手元のお金が無くなってしまうどころか、下手すれば足りない。そうなると誰かにお金を借りなければならない。それだけは絶対に避けたかった。

「祐希もいくやろ？」

チカの誘いに、祐希はほとんど自動的に笑顔を作る。

「え、ええね、いこいこ」

ほな決まり、と三人が席を立とうとしたので、

「ごめん、電話来た」

と嘘をついて席を立った。一旦《いったん》店を出て近くのコンビニに入ると、ＡＴＭに駆け寄る。手数料がかかるらしい。舌打ちが自然に出る。背に腹は代えられなかった。

なけなしの五千円札を財布に入れて、何気ない顔で三人の許《もと》へ戻る。

カラオケ店まで移動する途中、アイカが祐希の髪に触れた。何かと思ったが、アイカはにこっと可愛い笑顔で「ユーキも髪染めたらええのに」と言った。

清楚《せいそ》系目指しとるから、と祐希はごまかす。実際は髪を染めて、それを維持するお金がないだけだ。オシャレでいるためにはとんでもないお金がかかる。

角を曲がると、不動産屋が目についた。今日は家族で新居を内覧する予定だった。

「遊びにいく」と伝えたときの両親の顔を思い出して、胸がチクリと痛む。

それでも自分は、この子たちから離れられずにいる。

中学時代は散々だった。見た目が地味で、同じく地味な子たちと一緒にいたときは。

祐希は、特にあか抜けない子たちのグループにいて、事あるごとに派手なグループの子たちにバカにされた。

まるで動物園の猿の一挙一動に喜ぶみたいに、彼らは〝下〟の人間を嘲《あざけ》る。

自分もそっち側になりたかった。

檻《おり》の外側から、笑ってやる側になりたかった。

だから高校では変わろうと思った。そのためには見た目を変える必要があった。

流行《はや》りの服を着て、化粧も始めた。

声が大きくて堂々としている子たちを選んで友達になった。

そうしたら、途端にバカにされなくなった。

むしろ、女子からも男子からも一目置かれるようになった。痛快だった。

この立ち位置を失いたくない。

そのためにも、今のグループから追い出されるわけにはいかない。

なのに――お金が足りなかった。

祐希は朝目覚めると、まずベッドの脇に置いてあるスマートフォンに手を伸ばした。

メッセージが来ていたら、できるだけ早く反応しなければならない。遊びに誘われていないか。誘われていたとしたら、お金がいるような遊びか。お洒落《しゃれ》な服を着ていかないといけない場所か。

送られてくるメッセージに冷や冷やするようになったのは、いつからだろうか。

その日――SNS上でのジュンナたちとのやり取りは、ただの雑談だった。

課題がダルいとか、暑くなってきてウゼーとか、そんな他愛のない話。

それでもちゃんと話題に入らないといけない。共感しないといけない。

それで、時々面白いことを言う。ボケる。ツッコむ。

そんなことをしつつ、「どっか遊びにいこっか」という流れにならないよう、話題をコントロールしないといけない。祐希が持つ、そう強くはない発言権で。それは繊細で神経を使う作業だった。

だけど、もうすぐ夏がくる。きっとアイカたちは色んな遊びを思いつく。

お金を用意しなければ。でも、どうやって？

親からは借りられない。母は厳しいし、父には頼りたくなかった。バイトしようかとも考えたが、校則で禁止されているうえに、やはり母が許してくれなかった。

「お金、欲しいなぁ……」

みじめなつぶやきが、まだ新しい天井に吸い込まれていく。

てろん、とスマートフォンが鳴った。見ると、アイカが写真をあげている。

巨大な地球儀の前で両手を広げているアイカの写真だ。

てろん。今度はメッセージが届く。

〝ユニバなう。お土産はなにがええかゆーてみ？〟

今日も遊んでいるらしい。いったいどこからそんなお金が出てくるのだろう。

〝だれといってんのー？〟

チカが尋ねると、てろん、とアイカがすぐさま答えた。

〝パパとやで♡〟

父親といっていたのか。それならお金の心配はいらないなと納得する。

続いて、アイカは車の助手席でピースしている写真を送ってきた。その車が左ハンドルであることに気づく。外車だ。アイカの家がお金持ちであることが判明した。

羨《うらや》ましい……外車がではなく、外車に乗っている父親が。

きっとカッコいいお父さんなのだろう。頼りになって、相談にも乗ってくれて——うちにいるダサいのとは違う。あれは多分、中高生の頃は派手なグループの子たちにいじられていたタイプだ。祐希には容易に想像できる。

もうすぐお昼だ。いい加減、横になっているのも飽きてきた。起き上がり、一階へ降りることにする。もちろん、スマートフォンは肌身離さずに。

リビングにいくと、父がぼんやりとした表情でソファーに座っていた。祐希を認めると、取り繕ったような笑顔を見せる。

「おはよう」

白々しいあいさつ。いつものように無視してキッチンに入る。父は怒らない。カウンター越しに見える後ろ頭は、馬鹿みたいにニュース番組を見続けている。

母は買い物のようだ。弟の勇真も連れていってもらったのだろう。

戸棚からカップ麺を取り出して——ふと考える。

(試しに……頼んでみようか)

お願いすれば、五千円くらいなら貸してくれるかもしれない。

だが、祐希はすぐにその考えを頭から追い出した。父に頼るのは嫌だ。自分でもわからないけれど、それだけは許せない。

(でも――)

祐希は、まだ幼い頃、父が母に内緒でよくお菓子を買ってくれたことを思い出した。

あの頃は、しつけに厳しい母よりも父の方が好きだったのに。

「……ねぇ、おと――」

するといきなり拓真がソファーから立ち上がり、振り返った。

見開いた目でこっちを見ている。そして、

「今……笑わんかった？」

と、訊《き》いてきた。――まただ。どういうつもりなのだろう。

昨日も一昨日《おととい》も、何度もされた質問だ。

祐希はイラつき、ついキツイ口調になってしまう。

「何よ。笑たらあかんの？」

吐き捨てるように言うと、祐希はリビングを出る。閉めた扉が思ったよりも大きな音をたてた。母がいたら叱られていただろう。

だけど父は怒らない。何も言わない。娘の自分に対して妙に遠慮している。

頼れるわけがない。こんな人には。

階段をずんずん足音をたてて上っていく。無性にイライラしていた。

――笑ってなんかない。ずいぶん前から、心から笑ってない。

四

車の運転をしながら、拓真は着物姿の女について考えていた。

初めて姿を見てから一週間。女はしばしば現れるようになった。家にいると、時折視界の端にけばけばしい色の着物が映り込む。ハッとして見ると、何もいない。

匂いも声も続いている。

「……くそ、何なんや」

ちらりとサイドミラーを確認し――危うくハンドルを切り損なうところだった。極彩色の何かが映り込んだと思ったが、ただの中華料理屋の看板だった。

「あ……っぶな」

赤信号に捕まって停車する。シートにもたれ、深く息を吐いた。

……あの女は何者だ。目的は何だ？

どうして――自分と勇真だけに感知できる？

幼い子供が、大人には見えないものを知覚するのはよく聞く話だ。だが自分は？　なぜいきなり、あんなものの存在がわかるようになった？

……顔を押さえる。頭がおかしくなりそうだった。

そのとき、ぴろんと着信音が鳴り、スマートフォンを手に取る。――茉祐からだ。

〝早く帰ってきてね♪〟という文章と一緒に、写真が送られている。勇真を膝《ひざ》の上で抱っこする白髪交じりの男――寺内《てらうち》と、両手を彼に向けて笑顔の茉祐が写っていた。

寺内は大学の同窓で、拓真と茉祐の共通の友人だ。社会人になってからもちょくちょく会っている。今日は、彼を自宅に招いての食事会だ。しかし、今朝になって拓真は急《きゅう》遽《きょ》、会社に呼び出された。延期になっていた取引先との打ち合わせが、先方の都合でどうしても今日になったのだ。午前中だけでも出てくれと上司に言われ、車を飛ばし――今はその帰りだ。

寺内はまた今度でいいと言ってくれたが、すでに茉祐は料理を準備していた。拓真は彼に「昼過ぎには帰るからぜひ来てくれ」と伝えた。茉祐は新居にお客さんを呼ぶことを楽しみにしていたし、勇真も懐いている。快く思っていないのは祐希くらいだ。

寺内はちゃんと家に来てくれたらしい。拓真はもう一度ため息を吐くと、意識的に頭の中を切り替えた。今日はひとまず、暗い顔はしないようにしたい。

送られてきた写真をよく見ようとしたところで、信号が青に変わった。スマートフォンを助手席に放り出し、車を発進させた。

自宅に着き、家の前の駐車場に車を停めた。

木製の玄関扉に近づいたとき、家の中から寺内が出てきた。

拓真と鉢合わせして、驚いた顔をしている。

「あれ、どこいくん？　買い出しやったら俺も――」

「帰るわ」

目を伏せてそう言った。拓真の横を通り過ぎ、足早に去ろうとする。

「え？　お、おい」

「寺内くん！　待って――あ」

玄関口から出てきた茉祐と目が合う。寺内を追ってきたらしい。

「どないした？」

「わからへん。急に青い顔して帰るって……」

茉祐は困惑していた。

拓真は手で家に戻るように合図して、寺内を追った。

競歩のような速度で駐車場へ向かう寺内に、拓真は何度も何があったのか尋ねるが、彼は前を見たまま答えない。その肩を摑《つか》んで振り向かせる。

「おい、何やねん！　何があってん！」

無視するかのような態度に、つい声に怒気がにじむ。寺内はようやく立ち止まり拓真の顔をじっと見た。その瞳《ひとみ》は小刻みに震えている。明らかに動揺していた。

「……なぁ、どないしてん？　急に帰るなんて」

もう一度、静かに訊く。寺内は色黒の肌に玉の汗をかいていた。

「……拓真、お前、あの家、これからも住むんか？」

震える声でそんなことを言う。

「そら……そうやろ。何言うてんねん」

彼はまた地面に視線を落とした。その横顔はずいぶん憔悴《しょうすい》して見えた。

「地鎮祭とか……ちゃんとやったんか？」

「は？……さあ、建売やから知らんけど、ちゃんとしとるはずやで」

「そうか……そやったら、もういっぺんちゃんとお祓《はら》いした方がええ。いや、してくれ。せやないと、俺はもう……あの家にはいかん」

お祓い――その言葉に、拓真は寺内の身に何が起きたのかを察した。

「……匂いか？　声か？」

拓真が尋ねると、寺内はハッとした顔をして、

「やっぱり……お前も感じたんやな」

拓真が頷くと、寺内は「声や」とつぶやいた。

「声がした……笑い声や。女の。ずっと、家入ったときから。二階から」

「一応訊くけど……気のせいではないよな？」

寺内は激しくかぶりを振った。

「最初は、祐希ちゃんの声や思た。二階で友達と電話しとるか、テレビでも観とるんやろって。でも、途中で変やなって。やって……ずっと笑《わろ》てんのや。あはははって、大きい声で三十分くらいずぅっと」

ごくっ、と拓真は唾を飲み込んだ。

「……それで？」

「それで、茉祐ちゃんにえらい楽しそうやねって言うたら、茉祐ちゃんは〝何が？〟って。何にも聞こえてへんみたいやった。そのうち笑い声がどんどん大きくなってきて、茉祐ちゃんが何言うてるかも聞き取られへんようになって——けど、茉祐ちゃんは普通で、何ともないみたいで」

寺内の手は震えていた。

「そしたら、二階から祐希ちゃんが降りてきた。びっくりしたよ。やって……笑い声はまだ続いとったから。あの子やないんやったら、誰やねんこの声って。そう思《おも》たら怖なって、もうあかん、帰ろう思たら」

そこで言葉は途絶えた。カチカチと音がすると思ったら、寺内の歯が鳴る音だった。暑さのせいだけではない汗が額にびっしり浮かんでいる。

「……女か？　女がおったんやろ？」

拓真は彼の言葉を引き取った。

「派手な着物の女が、見えたんやろ？」

だが、寺内は顔を押さえて首を振った。

「そんなんやない」

なら何だ。つい声を荒らげてしまう。

寺内はしぼるように声を出す。

「に、二階から、て――手ぇが……」

……手？

「手ぇって、どんな手や」

しかし、寺内は拓真の質問にはそれ以上答えようとしなかった。車に乗り込み、「お祓いしろよ」と言い残すと、逃げるように走り去ってしまった。

帰宅した拓真は、「気分が悪くなったらしい」と茉祐に嘘を吐いた。茉祐は納得していない様子だったが、それ以上深く訊こうとはしなかった。

ソファーに座り、何気なくさっき茉祐から送られてきた写真を見返す。

そして、拓真は目を疑った。

勇真を抱いている寺内――その首筋と腰に、何か白いものが巻き付いている。

手だ。白い、あまりにも白い手。爪は真っ赤に塗られている。

女の手だった。

五

　休み時間になると、チカやジュンナ、そして祐希はアイカの席の近くを陣取る。誰が決めたわけでもない、自然な流れだった。

　勝手に誰かの席に座ったり、机にお尻《しり》を乗せたりする。祐希はこの時間が好きだった。教室で誰にも遠慮することなく、自由に堂々と振る舞っている自分がいる。地味な男子たちが、ちらちらとこっちを気にしているのがわかる。

　中学のときみたいに、隅っこの方で縮こまっていなくていい。派手な子たちに笑われるかもと、息を潜めなくていい。それだけで学校はずいぶん楽しかった。

　四人の話題は、一ヶ月後の夏休みのことだった。

　海、ナイトプール、夏祭り……遊びの提案は次々と飛び出す。祐希以外の三人は、可愛い手帳やスマートフォンのアプリに予定を書き込んでいく。三人がどんな遊びをするか考えている間に、祐希はどうやってお金を工面するかを考えている。

　ついに口座の貯金も底をついてしまった。もう本当に、一万円も残っていない。

　三人は一泊二日の旅行の計画を立て始めている。黙り込んでいると、茶色の髪をいじりながら、ジュンナが話を振ってきた。

「祐希はどこいきたい？」

しめた、と思う。いつものようにコントロールするんだ。できるだけお金がかからないように。

「あたしは……暑い中ずっと移動すんのイヤやから、近場がええかなぁ」

焦りがにじまないよう、できるだけさりげなく言う。うまい言い訳だと思った。

だけど、アイカが言った。

「何や、ユーキ、お金ないん？」

ドキッとした。表情が一瞬で固まったのが自分でもわかった。

アイカがけらけらと笑う。

「言うてくれたら、手伝ったのに」

「え、いや……」

動揺でうまくしゃべれない。中学のときに戻ったみたいだった。制服の下で汗が噴き出しているのがわかる。

お金がないなんてすごくダサい。見捨てられる。見放される。

このグループにいる資格を失ってしまう。

すると、アイカは不敵な笑みを浮かべながら祐希にさらに近づいてきた。ぴったりと横にくっつかれて、スマートフォンの画面を見せられる。

ＳＮＳの投稿だった。

やさしいパパさん募集中

♪当方スペック♪
名前：あい
みため：茶髪セミロング／１５８センチ／痩《や》せ型／Ｄカップ／15才のＪＫ♡
神戸市住みで市内デート希望（交通費くれれば市外もＯＫ）
デート内容：ごはん、お買い物
密室×　写真撮影×　明るいうちならドライブデートＯＫ
服装は事前に言ってくれたらパパの希望叶《かな》えます。
手つなぎ、ハグ、キスなどは気分とお金によってありです♪
料金：１Ｈ　５０００円～　交通費は市内２０００円
こんなパパ希望：やさしくてお金持ちなパパさん♪

「これって……」

「めっちゃ稼げるよ。ユーキもやったら？」

そう言うアイカの表情は、妙に艶っぽく見えた。チカもジュンナも訳知り顔で笑っている。知っているのだ。アイカがやっていることを。

いや、この様子だとこの二人もやっているのだろう。

「さすがに受験のときはやってなかったけどさ、高校入ってまた再開したん。先月は十万くらい稼いだし。ジュンナなんて当たりひいたから二十万やったって」

十万。二十万。高校生には大金だ。

妙に羽振りがいいと思ったら——この子たちの資金源は、これだったのだ。

祐希も言葉としては知っていた。パパ活というやつだ。デートなどをする代わりに、男の人に金銭的に援助してもらう活動。テレビやネットニュースで社会問題になりつつあると見聞きしたことがある。

自分には関係ない話だと思っていた。だけど、目の前にはそれをやっている子たちがいて——自分も誘われている。

「で……でも」

「大丈夫やって！」

ずい、とアイカが唇を近づけてくる。紅いリップの甘ったるい香りがした。

「裏アカでやればバレへんし、イヤな目に遭ったこともないよ。おじさんってみんなやさしーし。できへんことは最初に書いといたらええの」

祐希は愛想笑いを浮かべようとしたが、できなかった。

売春。援助交際。

そんな単語が頭をよぎる。でも口にしてはいけなかった。口にした途端、祐希はきっとこの三人から「排除」される。そんな確信があった。

「とりあえずさ、募集用のアプリ入れてみたら？」

アイカは祐希のスマートフォンを奪うと、さっさとアプリをインストールした。

「募集の文章は考えたげるからね」

どこか楽しそうに、しかし有無を言わせない口調で、アイカは言った。

六

七月上旬の金曜日。午後六時過ぎ。

拓真は上司の杉坂《すぎさか》と会社を出ると、タクシーで三宮の日本料理屋に向かった。

「早く帰りたいだろうに……悪いね」

車内で杉坂が軽く頭を下げてくる。彼は拓真が家を買ったばかりだと知っていた。仕事ですから、と拓真は笑ってみせる。

その夜の接待の相手は、長山《ながやま》という家具メーカーの役員だった。でっぷりと太った五十路《いそじ》の男で、酔うと自身のエロ武勇伝を語る癖がある。その日も長山はプロの女性との蜜月を拓真たちに聞かせ、食事を終えると「狙《ねろ》とる娘《こ》がおるんや。その店いこ」と言い出した。

高級クラブかと思いきや、長山が指定したのは路地裏にあるガールズバーだった。

雑居ビルの入り口にあるうす汚れた電飾看板には、〈GIRLS　BAR　くりむぞん〉とくすんだ文字が並んでいる。

うす暗い電灯の下にあるメールボックスは、いくつかの受け口がガムテープで塞がれていた。お世辞にも綺麗とは言えないビルだ。

急な階段を上って、店の前までいく。扉を開けると、クーラーの冷気に包まれた。カントリー・ポップのBGMに紛れて、女性たちが一斉に「いらっしゃいませぇ」と言う声が響く。

狭い店だ。店内は控えめかつカラフルな照明がたかれ、猥雑《わいざつ》な雰囲気を醸している。カウンターの奥には四人の女性キャストがいて、全員がワインレッドのワンピースを着ていた。この店の制服らしい。わかりづらい店の場所だったが、他にも数組の客がいて、繁盛しているようだ。

「――あ。こんばんは。ちょーさん、来てくれたんや」

一人のキャストが、こっちに向かって小さく手を振った。薄暗い店内でもわかる美人だ。スラリと背が高く、猫みたいな大きな目が印象的だった。ゆるいウェーブがかかった明るいブラウンのロングヘアで、前髪を左目の上で分けている。

長山が「ミヤちゃん、来たでぇ」と手を振り返している。ちょーさんとは長山のあだ名らしい。そして、あの「ミヤ」と呼ばれた女性が長山のお目当てのようだ。

ミヤはすでに別の客についていた。相手はガールズバーには珍しい、ふくよかな中年女性だった。ミヤがその女性に何かを言うと、彼女は手のひらをこっちに向かって差し出した。向こうについてやれ、という意味らしい。

六十代くらいだろうか。上品な印象の女性だった。

髪はベリーショートで、薄紫色に染めている。白いブラウスに浅葱《あさぎ》色《いろ》のスカーフが若々しい。両手でたどたどしくスマートフォンを操作しているが、淡い照明に照らされたその顔には、妙な貫禄《かんろく》が備わっている。見れば見るほど、裏通りのガールズバーには相応《ふさわ》しくないいで立ちだ。

「初めまして。ミヤっていいます」

ミヤが笑顔でおしぼりを差し出していた。拓真は慌ててそれを受け取る。紅い口紅で彩られた唇が笑みを浮かべ、不覚にもドキリとする。胸元のネームプレートには、「ミヤ（20）」と丸い文字で書かれていた。

「ミヤちゃんはなぁ、この店のナンバーワンなんや」

長山が誇らし気に言う。ミヤは「ちょーさんが勝手に言ってるだけだから」と謙遜《けんそん》したが、実際ミヤの存在は不思議な異彩を放っていた。見た目が美しいというだけではない。何か、他の女性にはない魅力のようなものがあって……しかしその正体がよくわからない。何にせよ、長山が惚《ほ》れこんでいることも頷ける。

さらに、ミヤはキャストとしても優秀だった。若いのに堂々としていて、だけど押しつけがましくない。年上の男性の扱い方を心得ているのだろう。酒を出すタイミングも絶妙で、まるでこっちの酔い加減を把握しているかのようだった。

十五分も経つ頃には、長山だけでなく杉坂まですっかりミヤに魅了されているようだった。長山とミヤの会話に割って入ったりしている。おいおい——と思ったが、長山も相当酔っ払っているらしく、杉坂の肩を気さくに叩《たた》いたりしている。親睦《しんぼく》を深めるという意味では成功なのかもしれない。

「おい、きみは飲んどるんか？　ミヤちゃん、この人にウイスキーをロックで」

長山が拓真を指さして言う。断る間もなくミヤが瓶を取り、拓真は焦った。酒はそこまで強くない。しかし、出てきたのはグラスに入ったウーロン茶だった。あれっと顔を上げると、ミヤが拓真に向かってウインクした。気を利かせてくれたのだ。

「ミヤちゃんはな、霊能力者なんや」

いきなり長山がそう言った。れいのうりょくしゃ？　と杉坂が胡乱《うろん》な声で繰り返す。

「せや。ユーレイが見えるんやで。それだけやない、レイシ言うてな、何も言わんでもそいつの身の回りのことがわかったりするんや。な、ミヤちゃん」

「ほ、ほんまですか？」

拓真はつい前のめりになる。三人の視線が集まり、ミヤは困ったように笑った。

「うーん、まぁ……でも、大したことないよ」

拓真は、身の回りで起きている怪異について話したい衝動に駆られた。だが、今は仕事中だ。それにこんな場所で話すようなことではない。

わかっているのだが、どうしても確かめずにはいられない。

「ほな、その……僕のこと、霊視とか、できますか？」

「何やきみ、そういうの好きなんかいな」

長山がかかかと笑う。拓真はできるだけ真面目な顔でミヤを見つめた。

（もし……もしも、本物なら）

ミヤは無表情で見つめ返してくる。吸い寄せられるような静かな瞳だ。

「あなたは――」

すると、パッと花咲くように笑った。

「……すごく幸せそう！　最近、大きな買い物したとか？」

おお、と杉坂が手を叩いた。

「すごいな！　こいつ、家買ったばっかりなんですよ」

「ほんまかい！　やっぱりさすがやなぁ、ミヤちゃんは」

長山も賛辞を贈る。ミヤは「ほんとですかぁ」と両手を合わせて喜んでいる。

拓真はと言えば――急激に気持ちが萎《な》えていくと共に、酒で忘れかけていた絶望感が膨らむのがわかった。

ミヤの霊視は当たっている。大きな買い物はマイホームのことだ。

けれど、求めていた言葉ではない。あの奇妙な匂いと声、そして極彩色の着物の女のこと――その対処法を、教えてもらいたかったのだ。

拓真は落胆した。失望と言ってもよかった。ミヤたちはもう別の話題に移っている。

しかし、ウーロン茶を一口飲み——拓真は自嘲《じちょう》した。初めて会ったばかりの人間、それも酒の席での言葉に、何を期待していたのだろう。酔っているせいだろうか。

お祓《はら》いをしろと勧める寺内の声を思い出す。

躊躇《ちゅうちょ》していたが、真剣に考えてみるべきかもしれない。

それから少し後に長山がトイレに立ち、その隙に杉坂が拓真に帰ってもよいと言った。長山はだいぶ気持ちよく酔っているし、うまく伝えておくと。酔っていても部下への気遣いを忘れていない杉坂に拓真は感謝の念を覚えた。

杉坂の言葉に甘え、店を出たときには午後九時を過ぎていた。足早にビルを離れ、駅を目指す。

信号待ちをしていると、背後から肩を叩かれる。

振り返ると、バーにいた上品な女性が立っていた。

「教えてもらえる？　あなたが、何に困ってらっしゃるのか」

落ち着いた声だった。夜の街の喧騒《けんそう》の中でも、彼女の声ははっきりと耳に届いた。

「困ってるって、あなたは……？」

女性は両目をぱちくりさせると、「あらやだ」と手を口に当てて大笑いする。

「事務所のときと同じようにやっちゃったわ。こっちから話しかけたのにねぇ」

そう言いながら、彼女は名刺を手渡してきた。

名前は、鳳《おおとり》カンナ。その下には電話番号とメールアドレス。

肩書は書いていない。それは彼女の口から伝えられた。

「職業は――いわゆる霊能力者よ」

鳳は、至って真面目な顔つきだった。

「霊能力者……ですか？」

「そう、カウンセリングから除霊まで。十代からこの仕事をしてる。経験は豊富よ」

「は、はぁ……」

相槌を打ちつつも、拓真は警戒の色を隠せなかった。

（霊能力者……？　この人が？）

そうは見えない。それに、タイミングがよすぎる。

冗談――もしくは酔っ払って絡んできているのだろうか。

「勘違いだったらごめんなさいね。ミヤちゃんの――霊能力の話になったときに、あなたから強く匂ってきたの。だから、何かお困りなんじゃないかなぁって」

「匂うって……」

拓真はつい手の甲を嗅いだ。あのお香の匂いが、染み付いているのかと思ったのだ。

鳳は微笑みながら「臭《くさ》いって意味じゃないの」と手を振る。

「霊能力者にもそれぞれの〝感じ方〟があってね。見える色や心臓の音で読み取っちゃう人もいるけど、私はもっぱら鼻――嗅覚なの」

そう言って、鳳は自分の丸い鼻を指さした。拓真は鳳の福々しい顔を見つめる。今の拓真は感じないが、この人はあの家の匂いを——怪異を嗅ぎ取ったということだろうか。

「たとえば……うん、ご家族とうまくいってないのかな？　女性……奥さん？　ううん、娘さんね。年頃の娘さんと上手にコミュニケーションが取れない。違う？」

図星をつかれ、拓真はぎょっとする。

鳳は満足気に笑った。

「まぁ、何かあれば、お気軽にご連絡くださいな」

そう言い残して、彼女は夜の街に消えていった。

七

お金持ちなパパとデートしたい！

☆自己紹介☆
名前：ゆう（15才現役JK）
外見：黒髪セミロング／160センチ／瘦《や》せ型／Cカップ
神戸市住み　市内デート希望
デート内容：ごはん、映画、ショッピング
密室×　車×　エッチなこと×

服装は事前に言ってくれたらパパの希望叶《かな》えます。
料金：1H　4000円～　交通費は2000円
こんなパパ希望：紳士でお金持ちなパパさん
ひとこと：はじめたばかりだけど、パパに満足してもらえるようがんばるっ

土曜日の午後一時前。JR三《さん》ノ宮《みや》駅構内のカフェ。

祐希はアイスティーを飲みながら——パパを待っていた。

ハンドルネームは「トシ」。連絡が来たのは三日前だ。トシより前にも色んなメッセージが来たが、吐き気を催すようなものばかりだった。アイカたちが考えた募集の文章にはちゃんと「エッチなこと×」とあるのに、いくら払えばヤレるのかという質問がわんさか届いた。心が折れそうになっていたとき、唯一丁寧な文章でメッセージを送ってきたのがトシだったのだ。

腕時計を見る。待ち合わせは午後一時。もういつ現れてもおかしくない。

「……ほんまに来るんかな」

空のグラスの中で、氷が解けている。知り合いが近くにいないか気になり、祐希は何度も周囲を見回した。もっと待ち合わせ場所を考えればよかった。人がたくさんいれば安心な気がしたのだ。

祐希はトシとのメッセージのやり取りを思い出す。がっついていなくて、紳士的な感

じだった。嫌なことも一度も言われていない。

でも——所詮《しょせん》はお金を払って女の子とデートしようとする人だ。油断はできない。

ネットで検索すると、パパ活体験談なんていくらでも出てくる。祐希が思っている以上にたくさんの女の子がパパ活をやっていた。そして、酷《ひど》い目にも遭っている。約束通りにお金をもらえなかったり、無理やり性行為を迫られたり、暴力を振るわれたり。

自分がやる前なら、「バカな子たち」で笑えた。でも、いざ自分がと考えると怖くてたまらない。ここに来るまでにも、何度すっぽかそうと思っただろう。

今だって本当は逃げ出したい。約束なんて破って帰りたい。

でも、アイカに「パパと写真撮ってきて」と言われている。稼いだお金を見せろとも。

自分は疑われているのだ。あの三人に。

本当の意味で仲間になれるか、試されているのだ。

時計を見る。待ち合わせの時間は三分過ぎている。

もう、来ないのかもしれない。パパの方からのドタキャンも多いと聞く。

そうだ——あと一分。あと一分待って来なかったらそういうことにしよう。向こうからドタキャンされたのなら、アイカたちにも言い訳ができる。

祐希は目を瞑《つぶ》って祈る。どうか、来ないで。来ないで。来ないで来ないで——

「あのー、ゆうちゃん、で合ってるかな？」

そのとき、知らない男の人の声がした。

来た。来てしまった。あと三十秒だったのに。

祐希はゆっくりと顔を上げる。

店内の暖かな色の照明に照らされて——スーツ姿の男が笑っていた。

八

ぴんぽぉん、とチャイムが鳴った。

土曜日の午後一時ぴったりに、鳳カンナは家にやってきた。

拓真が玄関扉を開けると、彼女は初めて会ったときと同じ恰好《かっこう》で立っていた。違うのはスカーフの色が芥子《からし》色《いろ》になっていることと、手に紙袋を持っていたことだった。

汗に濡《ぬ》れた丸い顔を、扇子で懸命に扇《あお》いでいる。

「結構なお宅ですねぇ。あ、奥様。お邪魔いたします。鳳と申します。これはほんのお土産で」

「あ……ご丁寧に、ありがとうございます」

鳳から紙袋を受け取る茉祐は、拍子抜けしたような表情をした。多分、想像していた霊能力者像と違ったからだろう。

リビングまで鳳を案内すると、勇真がぽかんとした顔で立っていた。

「あら、こんにちは。ぼく、いくつ？」

鳳に笑いかけられた勇真はおずおずと指を四本立てて「よっつ」と答えた。賢いねぇ、と鳳は控え目に拍手をする。

お茶を出そうとする茉祐に、鳳は「お構いなく」と声をかける。

「すぐにお暇《いとま》しますから」

穏やかに微笑む鳳の向こうで、茉祐は戸惑いと疑心の混じった目をしている。

霊能力者を家に呼ぶ——そう伝えたとき、茉祐は困惑し、怒り、大反対した。

拓真は必死に説得した。匂いと声を未《いま》だに感じていること。女の霊の姿まで見えるようになっていること。そして、それは勇真も一緒であること。自分だけが感知しているならまだしも、勇真も霊の存在を感じているなら悪影響が出ないうちに何らかの対処をしなければならないだろう、と……。

茉祐は半信半疑だった。彼女は怪異の片鱗《へんりん》すらも感じていないのだから、当然だ。口には出さなかったが、拓真が正気であるかも疑ったに違いない。それでも深夜まで粘り強く話し合い、ようやく鳳を家に招くことを了承してくれた。

拓真自身も、彼女がまだ「本物」であるとは確信していない。

だが、鳳は祐希との問題を言い当てたのだ。賭ける価値はあるかもしれない。

「――じゃあ、始めましょうか」

鳳は鞄から別の扇子を取り出した。箱に入った、仰々しい代物だった。

ぱっと片手を振ってそれを開く。黒い扇子――違う、白地にびっしりと文字が書いてあるのだ。小さくて読めないが、漢字らしき文字だ。

「まずはリビングかな」

そう言うと、鳳の表情が一変した。射貫《いぬ》くような目つきになり、リビングをゆっくりと移動し始めた。扇子を顔の近くで緩やかに扇いでいる。涼むためではなく、匂いか何かを自分に近づける仕草のようだった。

「匂いがあれば、すぐにわかるからね」

匂い――あのお香の香りのことだろうか。

家の空気が一気に張り詰める。勇真が泣き出しそうになり、茉祐が抱き上げる。その茉祐も、不安そうな表情を浮かべている。

拓真は茉祐と勇真を背中に隠した。茉祐に「大丈夫か？」と声をかけると、彼女は少しだけ表情を緩ませた。

蝉の声と、クーラーの音だけが聞こえる。

鳳はリビングを何周かすると、キッチンでも同じように扇子を扇いだ。

「申し訳ないけど、家中を調べさせてもらうね」

拓真はこくりと頷《うなず》く。怪異から家族を守れるなら、徹底的にやってもらった方がいい。

廊下を出ると、鳳はトイレに向かった。

それから脱衣所、風呂場《ふろば》。そして寝室。一階を回り終えると、リビングに戻り、階段で二階に上がった。拓真たちも、その後についていく。

二階には部屋が三つある。祐希の部屋と、将来の勇真の部屋。そして物置部屋だ。鳳はその一つも漏らすことなく巡回した。祐希が遊びにいってくれていて助かった。本人がいたら、絶対に部屋に入れてくれなかっただろう。

時折、鳳は何かにひっかかったように歩みを止めて、またすぐに歩き出す。そのたびに、拓真はギクリとした。我が家にいるというのに息苦しい。茉祐の肩に置いた自分の手が、汗でじっとりと湿っていることに気づく。

二階の部屋を回り終えると、鳳はかすかに首を傾げたようだった。

そうしてまたリビングに戻ると、彼女は拓真たち家族を振り返って言った。

「尼子さん。――どうやら、疲れていらっしゃるようですね」

「……は？」

思わず漏れたのは、素《す》っ頓狂《とんきょう》な声だった。

鳳は拓真の顔を見て微笑んでいる。そこにあったのは、憐《あわ》れみと同情だった。

「精神を集中して、この家に棲《す》む霊を探しました。……が、結論から言えば、この家には何もいません」

強い口調で、鳳は断言した。

「あなたには、何も憑いていないんです」

「そ、そんな……」

予想外の言葉に、拓真はめまいに近い感覚を覚える。

「そんなはずが……」

「大丈夫、よくあることです。環境が変わって、ストレスから幻覚を見たり、幻聴を聞いたりする例はあります。うちにもそんな相談はたくさんきますよ」

鳳は、丸い顔に聖母のような笑みをたたえていた。

「で、でも……僕は見てるんです。聞いてるんです。友人も——む、息子の勇真だって」

「大丈夫。そんなものは、実際にはいないんですよ。少なくとも、このおうちには」

鳳の口調は、まるで子供をあやすかのようだった。

「いや、でも、しかし……」

拓真はまっすぐに鳳を見た。彼女の背後では、廊下につながるリビングの出入口がわずかに開いている。あの扉のすりガラスの向こうに、自分は確かに見たのだ。

極彩色の着物の女の姿を。

姿だけではない。匂いも、声も、気配も。

それらが全て、気のせいだというのか。

そのとき、ぷん……とお香の匂いが漂い、拓真は鼻を押さえた。ツンとするほど濃い匂い——だが、鳳に気づいた様子はない。

「とにかく、プロの霊能力者としての意見は、この家は健全そのものですね、奥様、と鳳が茉祐に話を振る。茉祐は安堵《あんど》の表情で「ありがとうございます」と返している。拓真にはそんな二人が信じられない。

「二人には……わ、わからないんですか？　それが」

拓真は、震える指を持ち上げた。

「ほ、ほら……そ、そこに！」

二人は後ろを向くが、すぐに拓真の方へ向き直った。

「うわ、ああ、ああ」

火が点いたように勇真が泣き出し、茉祐に必死の様子でしがみつく。

「ほら、お父さんの不安が伝わっちゃった。……尼子さん。私はこういったケースも数多く知っています。恥ずかしがったり、余計に怯《おび》えたりしなくていいの。気の持ちようよ。あなたはちゃんと幸せなの」

「ち、違うんです」

「ね、だから、落ち着いて」

「でも――」

「そうだ、今度うちの事務所にいらっしゃらない？　カウンセリングもやってるって前に言ったでしょ？　優秀なスタッフも揃ってるし――」

鳳の声が遠くなる。拓真は前を向いたまま視線を離せない。

鳳の背後。廊下へ続く出入口の隙間。

そこから出た二本の大きな腕が——壁に爪を立てていた。

青白い腕が、血管を浮き立たせて、白い壁に赤い爪を食い込ませている。

にこにこと笑う鳳の……すぐ後ろで。

「元町《もとまち》にあるから、そう遠くはないし。お子さんを連れてご家族でお越しいただいてもいいのよ。ね、どう奥さん」

「え、ええ。どうしようか、ね、拓真」

言葉を交わす二人の背後で、爪が五本の傷を創る。ぎぎぎぎ、と耳障りな音が鳴る。

「……拓真？　どうしたん？」

「聞こえへんのか……？」

え、と茉祐は首を傾げる。爪の音はどんどん大きくなっていく。

「何がぎぎぎ拓真、さっぎぎぎから顔色がぎぎぎぎぎで？」

茉祐は平気で話しかけてくる。こんなに不快で、大きな音がしているのに。

……怒っている。あの女が。拓真にはわかった。

「どうぎぎぎたん？　すごぎぎ汗がぎぎぎぎぎ」

「てぇが、てぇが」

泣き叫ぶ勇真を、茉祐が笑顔であやそうとする。

その向こうで、赤い爪が壁を刻み続けている。

ぎぎぎぎぎぎ……！

だが、茉祐にはこの音も聞こえていない。――鳳にさえも。

感じているのは、自分と、勇真だけだ。拓真はようやく理解した。霊感のあるなしも、年齢も関係ない。

今わかった。あの化け物は――

男にしか見えないのだ。

第二章　傾城町

一

カウンターの内側でピロンと音がした。営業用のスマートフォンだった。

着信音も違うのに、一瞬あいつからかと期待した自分が、何だか情けなかった。

ミヤは、目だけを動かして店内を見る。

彩り豊かなライトに照らされたフロア。金曜日のこの時間帯はいつも忙しい。カウンターは満席だ。ＢＧＭは気に入っている洋楽だけど聞き取れない。天井埋め込み型のクーラーが、お酒と煙草と香水の匂いが混ざった熱気をかき乱している。

「えー、でも、ほんとみんなカノジョいそうやけどなー」

隣に立つマリが露骨なお世辞を言った。カウンターの前には、大学生だという男の子たちが座っている。眼鏡と色黒とロン毛。三人だ。その日の勤務体制にもよるが、この店では客が三人までなら、つく女の子は一人だけだ。ミヤがついたのは、マリが新人だからだった。

カノジョがいそう、と言われた彼らは嬉《うれ》しそうだった。すっかり店の雰囲気にも馴染《なじ》んでいる。席に着きはじめの頃は、こういう店に慣れていないのか、少し気まずそうだったけれど、今では全員が我先にミヤたちと会話しようと饒舌《じょうぜつ》になっている。向こうが勝手に話してくれればこっちは楽だ。アルコールを濃い目に作っておいて正解だった。

「やって、みんなフツーにカッコいいのにー」

マリが畳みかける。多少やり過ぎだと感じたが、三人は気持ちよさそうだ。客に見えないところで、ミヤはマリの太ももを二回叩《たた》く。マリはハッとした顔になった。

それから、自分のグラスを取って、

「じ、じゃ、そんなカッコいいお兄さんたちに、もう一杯いただいてもいいですかぁ？」

女の子の飲み代ももちろんお客持ちだ。この店では一杯千円。その代金の一部が、ミヤたちの賃金に加算される。

ほな一緒にビール飲もうや、と眼鏡の男が言う。ミヤはマリの横顔を見た。一見平気そうに見える。だが、今夜はずっと一緒にいるが、すでに結構な量を飲んでいるはずだ。

目を凝らすと――やっぱり、赤に近い黄色が見えた。

（これ以上は……飲ませられないな）

だが、さっきからカウンターの下にあるバケツに捨ててばかりいるので、そろそろ飲んでいるところを見せた方がいい。

後ろを振り返り、冷蔵ショーケースから瓶ビールを取り出す。と、すかさず足下にある子供用ビールの瓶も取る。よく見れば色など違うのだが、酔っ払った相手は、ましてや薄暗い照明の下では判別できない。

申し訳なさそうなマリの視線に、ミヤは笑顔で返した。

ビールをコップに注ぎながら、お客に見えないよう片手でスマートフォンを操作する。さっきの着信は長山からだった。今夜は出勤かの確認メール。こういうのがあるから連絡チェックも欠かせない。他のメッセージは雑談だったのでひとまず無視する。

隣の席では、アユミがお客との話に夢中になって灰皿の交換を忘れている。ミヤはさりげない動作で灰皿を回収し、新しいものを元の位置に戻す。アユミにすら気づかれることなく交換を終えることができた。

その間に、ロン毛がビールを一気飲みしてしまった。おおー、とマリが拍手するが、本来は褒められた行為ではない。しかも色黒が「ほなマリちゃんもいこうか」と無茶なことを言ってきている。マリのコップの中身は子供用ビールなので問題はないのだが、調子づかせて何度も求められてもかわいそうだ。

「ごめんなさい、この子は新人だから……代わりに、わたしがいってもいい？」

口をはさむと「よっしゃ、お姉さんいったって！」大学生三人が手を叩く。

それいってもええよ、と色黒がミヤの手元のグラスを指して挑発的に笑う。グラスにはウイスキーのストレート。さっき色黒に悪ふざけで「飲んで」と言われたもので、度数は五十度近くあった。マリがハラハラした顔でこっちを見ている。

「じゃあ、これで」

ミヤはためらいなく、それを一気に胃へと流し込んだ。

場が盛り上がる。マリは呆気《あっけ》に取られていた。別のグループにも見られていたらしく、向こうからも歓声があがる。ミヤは甘い声で「がんばっちゃった」と言い、両掌《りょうてのひら》で顔を扇《あお》ぐ仕草をする。

だけど実際は何ともない。久しくアルコールで酔っていない。

お酒に酔えなくなっている。ずっと前から。

「――そ、そうそう。ミヤさんってユーレイが見えるんよ」

三十分もするとマリがそう言った。もう話題が思いつかなくなったらしい。

まぁね、と肯定すると、大学生たちは「えーっ」と揃って声をあげた。

「ユーレイって、ほな、この店ん中にもおるん？」

眼鏡の男の子が訊《き》いた。ありきたりな質問だ。

「いるよ。――きみの後ろにね」

いたずらっぽく笑ってみせると、大学生たちはふざけて女の子みたいな悲鳴をあげる。

実際のところ、眼鏡の男の子には何も憑《つ》いていない。

憑かれているのは――真ん中にいる色黒の男の子だ。

その女は、眼鏡と色黒の間にずっと立っていた。

店に入ってきたときから「あれはそうだな」と思った。顔に生気がなく、季節外れの緑色のセーターを着ている。三人が席についてからは色黒の子の隣に立ち、無表情で彼のことをじっと見つめていた。それからセーターの袖《そで》をまくったかと思うと、手首をしきりに色黒の子の顔に近づけていた。手首には、夥《おびただ》しい傷がついている。リストカット痕《こん》だった。色黒の子に、よく見て欲しいらしい。

彼女はミヤが「視える」ことに気づいているらしく、ときどき鬼の形相を向けてきた。

ミヤはそれを無視する。

「ほなさー、俺は何か憑いとるー？」

色黒が尋ねる。こいつやんちゃしとるからなぁ、とロン毛が言う。「女の子の霊がめっちゃ憑いとるんちゃうけ。な、おねーさん？」

経験則で言えば、そう簡単に人の思念は肉体を飛び出して他人に憑いたりしない。よっぽどの強い感情を抱き、かつ素質のある人間でない限り。――だからこそ、憑いているやつは恐ろしい。

そうだなぁ、とミヤは微笑み、

「うーん、これは憑いてるね。見えるだけで五、六人いるよ」

大学生三人は爆笑した。

ミヤは目だけでセーターの娘に視線をやる。生霊だろうか。禍々《まがまが》しい気配だ。放っておけば、色黒に危害を及ぼすことは明白だ。ひょっとしたら、取り殺すかもしれない。

でも、だとしても、ミヤは彼を助けることはしない。

色黒の自業自得だと言う気はない。そんなことはわからない。女性の方の逆恨みかもしれないし、そもそも無差別に憑いているタチの悪いやつかもしれない。

どうでもいい――ミヤにとっては。

「ね、ね、おねーさん、そん中にこの娘おらん？」

笑いながら眼鏡がスマートフォンの画面を見せる。そこには隠し撮りらしい女の子の画像が表示されていた。セーターの娘とは別人だ。

「こいつの元カノやねん。浮気現場見られてフラれた」

やめろやーと色黒が立ち上がって眼鏡のスマートフォンを奪おうとする。ミヤは「え、いるかも！」と驚いた声を出す。「おるて！　より戻そうや！」とロン毛が手を叩く。

見ると、セーターの娘はこぼれそうなほど目を剝《む》いて色黒をにらんでいた。ううう、とミヤにだけ聞こえる呻《うめ》き声が響く。手首の傷から、どくどくと血があふれている。

そこには、何か物語があるのだろう。因縁が。怨念《おんねん》が。

でも、ミヤは知ろうと思わない。知ったこっちゃない。

たとえ彼が「助けてくれ」と懇願してきても、知らないふりをする。

ミヤにとって、この能力はその程度のものだ。使命感なんて持てない。

わかっていた。自分は――アキラみたいにはなれない。

大学生三人が店を出ると、店長に休憩を取るように言われた。

バックヤードに回り、黒いカーテンを開く。二畳ほどの狭い空間に、数脚のパイプ椅子と丸テーブル、それと衣装のハンガーラックが詰め込まれている。テーブルの上には食べかけの弁当が残っていて、シュウマイの匂いを充満させていた。衣装に匂いがうつると困るので、プラスチックの蓋《ふた》をしておく。

すでに休憩に入っていたサユが、椅子に座ってスマートフォンをいじっていた。

「あ、ミヤさん、お疲れ様です」

「お疲れ様。……これあんたの？」

弁当を指さす。サユは慌てて「いやいやいや」と首を横に振る。

目を凝らす。――白。嘘ではない。

「カナちゃんや思います。さっき隣いたらビミョーに匂いしたんで」

「次また開けっぱにしてたらビンタって言っといて」

りょーかいです、とサユが笑う。ミヤは鞄《かばん》から私用のスマートフォンと煙草、ライターを取り出す。ガムどうすか、とサユが差し出してくれたので受け取っておいた。

裏口から外に出る。蒸し暑い空気が肌を舐《な》めた。

踊り場の隅には、スタンドのついた赤い吸殻入れが置かれていた。さびれた非常階段の手すりにもたれて、咥《くわ》えた煙草に火を点《つ》ける。マールボロ・ダブル・バースト・パープル・5・ボックス。肺に煙を入れると、久しぶりに呼吸したような気分だった。

スマートフォンの通知を確認する。何も来ていなかった。

周囲はミヤのいるビルよりも高い建造物ばかりで、四方に灰色の壁が迫ってくる。気分を変えようと空を見上げるが、街の煌《きら》めきで照らされた夜空に星は見えない。

まただ。ミヤは構わず煙草を吸い続ける。

カン、カン、カン、と上の階から誰かが降りてくる音がする。

カン、カン、カン。ハイヒールらしき足音はすぐ頭上から聞こえた。もう視界に足が映っていないとおかしい距離だ。だけど何も見えない。

カン、カン、カン。足音は目の前を通り過ぎていった。——姿もないのに。

このビルに棲《す》む霊だ。夜になると階段の上り下りを繰り返している。

不思議なことに、足音が聞こえる人と、そうでない人がいる。

そこにどんな「想い」があるのか、ミヤはやはり調べない。知ろうとしない。

こんなものを感じるようになったのは——あの呪われた日からだ。

二

九州の、細長い渓谷の集落。そこがミヤの故郷だった。

今はもうない。過疎化が進み、みんな出ていってしまったのだ。

小学校を卒業するまではそこで過ごした。母に姉が二人の、四人暮らしだった。父は物心ついたときにはいなかった。

中学生になり、母——紗代《さよ》と二人だけで、遠縁を頼りに大阪に出てきた。大阪では遠縁が管理するアパートに住まわせてもらっていたが、ある日出ていくことになった。母がその遠縁に見捨てられたのは何となくわかった。

それから神戸に移り、大阪のときよりもずっと汚いアパートで母と暮らした。慎ましく暮らしていたが、上阪《じょうはん》してからできた友人に金を騙《だま》し取られたり、アパートが不審火で全焼したりと、ミヤたち親子に不幸は雨のように降り注いだ。

とどめに——母が病気になった。ミヤが高校を卒業した頃だった。

「わいが悪かね」

シミの浮いた畳に敷いた布団の上で、母はいつも故郷の言葉でミヤを責めた。

お前が悪い。母はそう言ったのだ。

「わいがあんとき森に入ったけん、呪われてしもうたんや。——お、おどろしに」

だからこんなことになったのだと、そう言いたいらしい。

「わ、わいのせいで、紗奈《さな》も、千紗《ちさ》も」

笑わせるなと思った。母は呪われてなどいなかった。訪れた不幸は、母が世間知らずだったことが原因だ。病気だって、夜の街で働き「もらって」きたものだ。

呪われたのは、他でもないミヤだ。

幼い頃に、姉二人に連れられて森に入ったから。

それは集落の奥にある森で、いわゆる「禁足地」だった。

森は注連縄《しめなわ》で囲われていて、「あるもの」を閉じ込めていると大人たちから聞いた。

その「あるもの」の名前を——「おどろし」といった。

ミヤがまだ八歳の、夏の日のことだ。

母の経営する民宿。その二階の一室で、ミヤは畳に寝転びながら、宿泊客用の漫画を読んでいた。一階からは、姉二人がお菓子を食べる楽しそうな声が聞こえていた。

広縁の開け放された窓から、宿のすぐ正面にある川のせせらぎが聞こえた。それと蝉の声。古びた畳と沈香《じんこう》の匂いを今でも思い出すことができる。

漫画に飽きて寝ていると、一階からドタドタと階段を上る音が聞こえた。

開け放していた扉から、次女の千紗が入ってきた。

「——あ。紗奈、美也おったで！」

千紗が呼ぶと、長女の紗奈も後から入ってきた。二人はミヤに近づき、

「今からおどろしの森にいくけん、あんたも来んね」

そう言った。ミヤは激しく首を横に振った。おどろしの森には人食いの怪物がいるから迂闊《うかつ》に近づいてはいけないと、母に口酸っぱく言われていた。

「母さんは集会にいったけん、今がチャンスたい」

以前から計画していたことらしく、姉たちの目は輝いていた。幼いミヤには二人を止

めることなどできず、家から連れ出された。

大声で騒げば誰かが止めてくれるのではと思ったが、紗奈と千紗がそれを許さなかった。脅したり腕をつねったりしてミヤを黙らせる。娯楽の少ない渓谷の里では、姉たちも弱い者いじめくらいしか楽しみがなかったのだろう。

川沿いの道には、木造の古い家や茶屋が立ち並んでいた。段々と人家や店がまばらになり、道に覆い被《かぶ》さる木々が増えて薄暗くなっていく。道すがら大人とすれ違っても「森にいったいけんよ」と注意するだけで止めようとはしない。

おどろしの森に近づかないことは、集落の人間にとっては当たり前だったので、本気で注意する者はいなかったのだ。

やがて人気はなくなり——道の真ん中に、木の看板が見えてくる。

〝立ち入り禁止〟と手書きの赤い文字で書かれていた。

その後ろに、木々が重なってできたトンネルがある。

あの奥におどろしの森があるのだと、紗奈が言った。

「なして……知っとうと？」

ミヤが尋ねると、紗奈は「この前、お香持ってったばい」と答えた。

それは集落のしきたりだった。おどろしを鎮めるために、定期的に注連縄のすぐそばでお香を焚《た》く。お香には邪気を払う効果があるからだ。

そしてお香を持っていくのは、女性の役目だった。森には誰も近づいてはいけないが、男は特にいけなかった。おどろしが怒るからだ。

「やっぱり、お……おとろしか」

千紗が泣きそうな顔になる。紗奈が「なんちゃなか」とその肩に手を置く。

二人は左右からミヤの手を握り、森へと引っ張っていく。恐ろしさのあまり、ミヤはすでに大粒の涙をこぼしていた。

陽当たりが悪いせいか、地面はぬかるんでいる。滅多に来ない人間の来訪に、羽虫がわんわんと騒いで飛び回っていた。

木々の隧道《すいどう》では、いくつもの警告文が目についた。

〝いくな〟〝かえれ〟〝禁〟〝危険〟〝去れ〟〝この先禁足地〟〝だめ〟

――〝ここから先、棘屍ノ森〟

「あれで、おどろして読むっさ」

紗奈は、得意げに言った。

警告文は、看板に書かれているものもあれば、木に直接書かれているものもあった。当時のミヤには読めない文字もあったが、殴り書きの文字からこの先が危険であることはひしひしと伝わってきた。

「帰ろうやぁ」

姉たちはミヤの声に耳を貸さない。しばらく歩くと、いよいよ注連縄が見えてきた。

姉二人の足が止まる。千紗も紗奈も、顔色が青かった。おどろしに恐れをなしているのは、明らかだった。

ミヤは紗奈の手を強く握った。紗奈は口だけでふっと笑い、

「おどろしなんて、おるわけなか」

そう言うと、彼女はずんずんと注連縄の近くまで進んだ。

注連縄のそばには、お香を立てるためのお皿と石台があった。その周辺には、燃え尽き、細切れになった灰が散らばっている。まるで、火葬の跡に残る人骨のように。

あたりにはかすかに、お香の残り香が漂っていた。

ミヤがもう一度「帰ろう」と懇願しようとして——

おお……お、お……

——女性の呻《うめ》き声のようなものが、森の奥から聞こえた。

ミヤは顔を上げた。姉二人は顔を見合わせていた。

「紗奈、今の——」

千紗が声を震わせる。紗奈は、不自然なほど大きな声を出した。

「鳥か何かやけん、びびらんでよか！　そげん態度じゃ、お役目はこなしぇんばい」

そして、逃げようとするミヤの腕を引いて、彼女は注連縄をくぐった。

おどろしなんていない——紗奈はそれを証明しようとしていたのだろう。

恐らく、近いうちにお香の役目が回ってくる千紗のために。

ほとんど紗奈に引きずられるようにして、ミヤは森の奥へ進んだ。二人の後ろを、千紗がためらいがちについてくる。

まだ昼間だったはずなのに、森の中は薄暗かった。木々は無表情で立っている。見上げると、重なった杉の木の枝葉が、目隠しでもするかのように空を覆っていた。足下の土は異常なまでに水分を含んでいてうまく歩けない。

そして、耳が痛いほどの静寂だった。さっきまで聞こえていたはずの蝉や鳥の声が、なぜか途絶えている。注連縄の外とは違う世界に来たかのようだった。

人間が、来ていい場所じゃない——

肌でそう感じ、ミヤはがたがたと震えた。木の枝が人の腕に見えて何度も叫び、そのたびに紗奈に小突かれた。

もういやだ。

振り返ると、涙で滲《にじ》んだ目に注連縄は小さく映った。

紗奈の目を盗んで逃げよう——そう思った矢先。

ざざざざ……と、遠くで何かが駆け抜ける音がした。

同時に、ぱきぱきと枝がいくつも折れる音。

かすかに、人の声が混じっている。

たくさんの女の人が、バラバラに叫んでいるような声だ。
三人は足を止めた。遠くの音に耳を澄ませる。
木々の間を何かが駆けるような音が、絶えることなく続いている。
「や、紗奈……」
千紗が紗奈の服を引っ張った。紗奈も表情を引きつらせている。
「に、逃げ——」
そのときだった。
森の奥で走る何かが、方向を変えた気配がした。
ざざざざざざ
突然音が大きくなり——ミヤは気づいた。
あれが、自分たちを見つけたのだと。
ざざざざざざざざざざ
木々の隙間に黒い何かが見えた。
木の枝を弾《はじ》き飛ばしながら——物凄《ものすこ》い速度で近づいてきている。
小さな黒い点だったそれは、あっという間に視界の中心に広がった。
ざざざぱきざざぱきざざざざぺききざざざぱきぱきっざざぱきぱきぱき

現れたのは——黒い髪の塊だった。

ミヤたち三人は揃って悲鳴をあげるが、大勢の女の笑い声がそれを塗り潰した。

あははざざざははざざははざざははざざははざざはははっ！

千紗と紗奈が駆け出す。ミヤは紗奈の服を摑む。

「離してっ！」

紗奈の肘がミヤの鼻を打った。それでもミヤは必死で紗奈にしがみつく。だが、ぬかるんだ地面に足を取られ、ミヤは顔面から転倒した。泥の苦味が口いっぱいに広がった。

捕まる——そう思い目を強くつむった瞬間。

「あああああああっ！」

千紗の絶叫が耳をつんざいた。

開いた目に飛び込んできたのは、長い腕に首を摑まれた千紗の姿だった。

その横で腰が抜けた様子の紗奈が、浮き上がった千紗の身体を見つめている。

千紗の身体は、腕と共に森の奥の方へと引き込まれる。

それから、ごきんと音がして——千紗の声は途絶えた。

「千紗ぁ！　千紗ぁ！　千紗ぁあっ！」

紗奈が、顔を真っ赤にして泣き叫んでいる。

ミヤはうつ伏せに倒れたまま、動くことができない。

紗奈はひと際甲高い声をあげると、ミヤを置いて四つん這いで逃げようとする。

　すると腕が目にも止まらぬ速さで伸びて——紗奈の髪の毛を鷲摑みにした。

「いやぁっ！　いや！　いややぁ！」

　髪の毛を引っ張られた紗奈が、ミヤのすぐ横を引きずられていく。

　ミヤは前を向いたまま、やはり振り返ることができない。

　そして何かが嚙み潰されるような音がしたかと思うと、姉の声は聞こえなくなった。

　あはははははははははは　ひひひひひひ　はははははははははは
　たくさんの女たちの高笑いが、すぐ後ろから聞こえる。

　姉たちがどうなったのか確認しなければと思うのに、どうしても振り向くことができない。

　息が苦しい。恐怖で呼吸すらままならなくなり、気が遠くなっていく。

　意識を失う直前にミヤが感じたのは——獣の死骸が放つような、強烈な腐敗臭だった。

　気が付いたときには、ミヤは注連縄《しめなわ》の外にいて、大人たちに囲まれていた。

　目覚めるなり、ミヤは大人たちに詰問された。ほとんど怒鳴り声での質問攻めに、ミヤは怯《おび》えながらも何とか答えた。姉たちに無理やり連れてこられたと言うと、大人たちは青ざめた顔で黙り込んだ。

「姉ちゃんらは……？」

　ミヤの質問には、誰も答えなかった。大人たちは黙ってミヤを家まで連れていった。

誰も何も言わず、ミヤはひどく不安な気持ちになったことを憶《おぼ》えている。

家では母が待っていたが、姉二人がいないのを見て取って、泣き崩れた。

ミヤは二階に連れていかれ、部屋から出ないように言われた。階下からは話している大人たちの声が聞こえた。何を言っているかはわからなかったが、たくさんの人が真剣に話しているのはわかった。

そのうち、母の悲痛な声が響いた。

「……せめて、死体だけでん……」

シタイ、という単語が何を意味しているのか、ミヤにもわかった。

そして、幼心に悟った。姉二人は、もう戻ってこないのだと。

数日経って、ミヤは母親と、森の手前の木々の隧道《すいどう》までいった。千紗と紗奈の鎮魂のためだった。

集落の人たちが代わる代わる〝立ち入り禁止〟の看板までやってきて、手を合わせて去っていく。ミヤと母の紗代は、傍らに敷いた茣蓙《ござ》に正座し、弔問客が来たら頭を下げた。朝から、日が暮れるまで。

そこには、禁を犯したミヤと、親である紗代への罰が含まれていた。

夕方にさしかかったころ――看板の向こう、木々でできた隧道の奥に、人影が見えた。

紗奈と千紗だった。

注連縄の内側から、彼女たちは悲しげな表情でミヤたちを見ていた。

帰ってきた――ミヤは嬉《うれ》しくなり、母に「姉ちゃんらおった」と言った。

だが、紗代は相手にしなかった。ミヤが指さす先を一瞥《いちべつ》して、いくで、と擦り切れた声で言った。どうして無視するのだろうと不思議だった。

母に手を引かれながら、ミヤは姉たちに向かって手招きした。

紗奈は首を横に振った。千紗は目を伏せていた。

森から離れるにつれ、二人の姿は小さくなっていく。

「母さん、姉ちゃんら、おったっさ。森ん中からこっちば見ようばい」

大声で訴えても、紗代は振り返ることもしなかった。

佇《たたず》む二人の姿を見て、ミヤは胸が締め付けられる思いだった。

血の気の失《う》せた青白い顔を、今でも鮮明に思い出すことができる。

姉たちは意地悪ばかりだったが、やさしいときもあった。たくさんの歌や遊びを教えてくれた。折り紙や花占い、鮎《あゆ》の捕まえ方……。

もう二人に会えない。そう悟った。ミヤは涙をぽろぽろこぼしながら歩いた。

帰り道の途中で、子供たちが川辺で玉遊びをしながら歌を口ずさんでいた。

　でんでらりゅうばぁ　でてくるばってん
　でんでられんけん　でーてこんけん
　こんこられんけん　こられられんけん

こーんこん

それは、もっと幼い頃に、紗奈たちと歌った童謡だった。

出られるならば　出ていくけれど
出られないので　出ていけない
いかないいけないから　いくことができないから
いかないいけない

後で振り返ってみれば、あの森で見たのは紗奈たちの幽霊だったのだろう。

「視える」ようになって初めてミヤが「視た」のは、姉たちの霊魂だったのだ。

けれど、当時はわかっていなかった。ミヤは家に帰った後も、何度も紗代に姉二人が森にいたと訴えた。

「そがんこと言うて、気ィ引ける、思うんか。……何で、よりによって——わいが、助かるったい！　紗奈でも、千紗でものうて！」

紗代はそう金切り声をあげ、ミヤを叩《たた》いた。

普通の人には見えないものが、自分には見えているのだと、ミヤは知った。

そして——やはり、母は自分を愛していないことも。

母が死んで一人になってからは、たくさんの「同類」に出会えた。

その中の一人が波瀬《はぜ》アキラだ。

彼と出会ったのは、今から二年前、京都のとあるお寺でだった。一人きりでどう暮らしていけばいいかもわからず、ミヤは毎日ふらふらしていた。その日も目的などなかったが、寺にいけば、何となく救いがあるような気がした。

「えらいのに憑《つ》かれとるなぁ。簡単には取れんで」

石段に座り込んでいたミヤに、波瀬はそう声をかけてくれた。

白や銀にも見える色素の薄い髪をした長身の男。髪色のせいで年齢がわかりづらかったが、二十四だという。柔和な笑みは人好きしそうだが、只者《ただもの》ではない雰囲気をミヤは一目で感じ取った。

ミヤが霊能力に目覚めた理由について、彼はこう教えてくれた。

「強烈な霊に会《お》うたら、感覚がこじ開けられることはあるかなぁ。あるいは、強いストレスに晒《さら》されたとき。きみの場合は、両方かも知らんね」

どういうことかと尋ねると、波瀬は「色」で喩《たと》えてくれた。

たとえば、一口に「青色」と言っても、色んな色がある。

「藍色《あいいろ》」や「紺色」、「群青色」、「紺碧《こんぺき》」、「瑠璃色《るりいろ》」——実際は異なる色なのに、多くの人は「青色」でまとめてしまう。

でも、目を凝らして見続けて、違う色なのだと気づけば……「藍色」と「紺色」を見分けられるようになる。

そしていつしか、全く異なる色だと思えるようになる。

霊が視えるようになるとは——新しい色を知るようなものだ、と。

正直うまい喩えではなかったし、もっとよくわからなくなった。

それでも、今のミヤの霊的感覚は、彼のこの言葉に由来している。

霊視によって人間を包むオーラが、色づいて視えるのだ。

魂は精神の状態によって色彩を帯びる。怒りや危機を感じていれば赤、真実を語っていれば白、嘘や憎悪なら黒……といった具合に。染まる色は、自分自身のイメージに基づいているのだろう。

波瀬と話しながら、ミヤは彼に惹《ひ》かれ始めている自分に気づいた。

「ねぇ、もっとユーレイのこと、教えて」

のんびりとした京都弁を、もっと聞きたいと思った。

話題は何でもよかった。たまたま二人の共通点が、霊が視えるということだった。

波瀬は「うん、ええよ」とやや照れ臭そうに頭を掻《か》いた。春の陽射しの下で、色の薄い髪の毛は綺麗に透き通って見えた。

出会って一年後に、二人は一緒に暮らし始めた。

三

「ミヤちゃん。休憩しとるとこ悪いんやけど……入ってもろてええ？」

一本目の煙草も吸い切らないうちに、店長が裏口の扉を開けて言った。

「まだ五分も経ってませんけど」

ため息交じりに言うと、店長は「頼むわ」と片手を顔の前で立てた。

「長山のおっさん、また来よったで。サービスしたってや」

さっき返信したばかりなのに、もう来たのか。ありがたいことだが、熱を上げ過ぎている気もした。この前に来たときに見た〝色〟も好ましくはなかった。少し会う回数を減らした方がいいかもしれない。

一分だけくださいと答えると、店長は「後で長めに休んでええから」と戻っていった。

煙草を灰皿に放り込むと、サユからもらったガムを口に入れて急いで噛《か》む。客には煙草は吸わないと嘘をついている。自分から言い出したことじゃない。勝手にそういうイメージをつけられた。だからそのとおりにしている。

嘘はそれだけじゃない。二十歳だと偽っているけど本当は二十三で、現役の女子大生と紹介文に書かれているけど、実際は高卒だ。

営業用のスマートフォンを操作し、溜《た》まっているメッセージに返信していく。プライベートではまず使わない絵文字を多用する。面倒だが、使わないよりウケがいい。

メッセージの中には、返信しようもないセクハラの文章もあった。うんざりはするものの、これも賃金の内だと割り切っている。

〝次はお店やなくて、ホテルデートしようよ〟

〝嬉《うれ》しい！　まずはお店デートね♡〟

〝ミヤっちはおっぱい小さいけどカップいくらなん～？〟

〝胸の話はするな！　笑　今度お店によく見にきてよー〟

〝ミヤちゃんはさぁ、ほんまのとこなんぼ払たらヤらせてくれる？　笑〟

〝んー、百億万円かな　笑〟

深く考えずあしらっていく。とりあえず店に来てもらう。お金を落としてもらう。それだけを目的に言葉をやり取りする。

あるメッセージが目に留まる。

〝やっほ。今度会ったときはシャンパン入れるからさ、ちゅーさせてよ〟

ピコピコ動くキスマークの顔文字。ミヤはそれを真顔で眺める。

自然と指が動いた。

〝キスはだめ。したら許さない〟

店を出たのは、日付が変わって午前一時過ぎだった。

階段を下りて雑居ビルを出る。目の前の飲食店にはシャッターが下りていて、そこに背中を預けて酔っ払いが眠っていた。空気はジメジメと蒸し暑いが、ずっとクーラーの効いた室内にいたせいで身体は冷えている。酔ってはいないが気分は悪い。

少し前に降った雨で、アスファルトは黒々と濡《ぬ》れていた。浅い水溜《みずた》まりが信号の赤色を反射している。霞《かすみ》がかかっているためか、遠くのネオンがぼやけて見えた。

ついに波瀬から連絡はなかった。こちらからも送っていないから、おかしなことでもないが。

早歩きしながら、どうやって仲直りしようか考える。出がけにしたケンカを思い出す。最近はいつも同じことで言い争っている。悪いのは自分だ——それはわかっている。だけどどうしても、彼の言うことを聞く気になれない。向こうが正しいとわかっているのに、気が乗らない。素直に従えない。

先に電話で謝って、コンビニのプリンでも買って帰ろうか。

スマートフォンを鞄《かばん》から取り出そうとしたとき、

「美也」

名前を呼ばれて、背後を振り返る。

背の高い、痩身《そうしん》の男が立っていた。白っぽい髪を後ろで結んでいて、ひと房の前髪が右目の横に垂れている。ラフに着崩したグレーのシャツに、黒いパンツを穿《は》いていた。雨も降っていないのに、ビニール傘をさしている。

目が合うと、男はにこりと笑った。垂れた目の横に皺《しわ》がさす。

「アキラ」ミヤは、彼の名前を呼んだ。

小さく手を振りながら、波瀬アキラは近づいてきた。

「あぶなぁ。迎えに来たのに、置いてかれるとこやったわ」

おっとりとした京都弁でそう言いながら、傘を差し出してくる。

「雨なんか、もう降ってないよ」

ミヤが言うと、波瀬は目を丸くして傘の外で掌《てのひら》を上に向けた。

「ほんまや。さっきまで降っとったのになぁ」

言いながら、何が面白いのか笑いかけてくる。つられて笑いそうになるのを堪《こら》えて、あえて鋭い声を出した。

「それより、何で迎えに来たの？」

波瀬は不思議そうに首を傾げた。

「やって、雨降っとったから」

そうじゃない。出がけにケンカして、「今日は迎えに来なくていい」と捨て台詞《ぜりふ》まで吐いたのに、どうして何事もなかったかのように迎えに来てくれるのか——そういう意味なのに、うまく言えない。

黙っていると、波瀬は傘を閉じて、自然と手をつないできた。

信号が青に変わる。二人で手をつないだまま歩く。波瀬は子供のようにつないだ手を前後に振っている。店の近くだし、常連さんに見られたらマズかった。

「夜中の雨上がりってええなぁ。僕、好きや」

嬉しそうな横顔。それを見て、手を振りほどく気が失《う》せてしまう。同時に、自然と頬が緩む。疲れていたはずなのに、何だか足取りが軽い。気分が悪かったのがマシになっている。来ないと思っていたから、余計に嬉しい。

アキラといると、身も心も楽になる。これが普通の恋人同士にも起こることなのか、彼の能力が為《な》し得ることなのか、まだ判断がついていなかった。

「美也」

波瀬が笑顔のままこっちを向いた。

「今日の、出がけにした話の続きやけど——また今度、ちゃんと話そか」

穏やかな表情と声で言われると、抗《あらが》えなくなる。

だけど、楽しい気持ちに翳《かげ》が差す。お腹の底が重くなる。

彼の言うとおりにすれば、呪いから逃れられるかもしれないのに——。

そして、思い出した。先週、同じ呪いにかかっているかもしれない人間を見たことを。

どういうわけなのか、すごく薄い気配だった。でも、あの異質な感覚は間違いない。

それはつまり、知らないところで呪いがまだ広がり続けているということを意味していた。だが、腑《ふ》に落ちない。呪いを拡大させるような行為は、一切慎んでいるのに。

あるいは、感染源が増えたのかもしれない。

だとしたら、もっと犠牲者が増える。

波瀬はのん気に鼻歌を歌っている。その横顔に話しかけようとして——やっぱりためらってしまう。

彼を巻き込んでしまうかもしれない。危険な目に遭わせてしまうかもしれない。

波瀬の能力は本物だ。でも、相手はあのおどろしなのだ。

「どしたん？」

波瀬はミヤの顔を覗《のぞ》き込む。ミヤは「何でもない」と首を振ってごまかした。

握る手に、ぎゅっと力を込める。

——いいじゃないか。よく知りもしない誰かが犠牲になっても。

たかが一度話したことがあるだけの相手が死んでも。

手の内にある幸せを守ることができるなら。

こんなこと、彼に言ったらきっと怒るだろう。

関係のない誰かが巻き込まれるなんて許せないと。

もっと幸せになれる方法があるのに、それを目指さないのはだめだと。

だけど、彼には悪いけれど、今のままでいいと思ってしまう。

たとえ呪われたままでも。

たとえ――それが、おどろしの思う壺《つぼ》だとしても。

第三章　好色家

一

昼休みになると、アイカたちが祐希の席に集まってきた。三人は近くの椅子を勝手に借りると、祐希の机に肘《ひじ》を突いて前のめりになった。

「どやった？」

ワクワクした六つの瞳《ひとみ》の前に、祐希は封筒を出す。

その中に入っていたのは、三万円だった。

おおー、と三人が感嘆の声をあげる。祐希はすぐにそれを元の封筒にしまった。周りを見ると、クラスメイトたちはこちらを気にすることなく、グループで身を寄せ合ってご飯を食べている。誰にも気づかれなかったようだ。

「どんくらいしたん？」チカが尋ねる。

「三時間くらい……かな。やから時給一万円」

「募集で書いたやつの倍やん！」

祐希とジュンナはハイタッチする。そやなくてさ、とチカが割って入る。

「どこまでしてあげたんってこと」

祐希は、手を横に振って否定した。

「募集どおり、エッチなことはしてへんよ。ただ買い物したりプリ撮ったりしただけ。手ぇつないであげたら、ボーナスやって上乗せ分くれたん」

初めてでオプションやったんや、と二人は笑った。

真ん中にいたアイカが「プリ見せてや」と掌を出した。祐希は鞄《かばん》のサイドポケットから、トシとのプリクラを出して見せる。

アイカはそれを見ると、にっと祐希に笑いかけた。

「やるやん」

その言葉に、祐希は肩の荷が下りた気分だった。

他の二人が見せて見せてとプリクラを取り合う。まじまじと見た後、ジュンナは「冴えねー」と鼻で笑い、チカは「でも金持ってそうやん」と髪をかき上げた。

「で、どやったん？」

不敵な笑みを浮かべて、アイカがまた同じ質問を祐希にした。

答えるべきことが違うと察する。祐希は努めてさりげない笑みを浮かべた。

「楽しかったよ」

先週の土曜日のことを思い出す。三ノ宮駅の中にあるカフェで出会った祐希とトシは、そのまま三十分ほどお茶をしながら話した。

はじめは緊張していたが、トシの穏やかな表情と話し方のおかげで、すぐにリラックスすることができた。もっと変な人が来るかもしれないと思っていたのだ。その点、トシはまともな大人に見えた。

スーツを着こなしていて、ややおじさん体型ではあったものの、清潔感はあった。仕事は、企業の役員だという。しゃべり方もはきはきしていて、学校の先生なんかよりもずっと聞き取りやすかった。

何よりも笑顔がやさしい。すぐに好印象を持った。

「ほんまはこないなこと、褒められはせんてわかっとるねんけど——」

トシには祐希くらいの娘がいるが、離婚した妻と東京で暮らしているという。

「たとえ浮気された場合でも、男親が親権を取るんは難しいんやて。覚えとくとええよ……って、余計なお世話やな、ははは」

娘とはもう何年も会っていないらしい。元妻が会わせてくれないそうだ。多分、もう向こうは父親は死んだとか聞かされとるやろし、顔もわからん——そう言ってトシは淋しそうに笑った。目尻《めじり》で何かが光った気がした。

今は一人暮らしで、淋しいときについパパ活をしてしまう。世間は許さないが、たまに娘くらいの子と話し援助してあげることが、数少ない人生の楽しみだとトシは語った。

語り終えるとつまらない話をしてごめんと謝られた。祐希はそんなことないと言った。まともな大人――第一印象はそうだったが、話を聞いてからはかわいそうな人に思えた。会ったばかりのときよりも、トシが小さく見えた。

そういう訳なんだけど僕でよかったら、とトシは改めてデートを申し込んできた。

その前に、と茶封筒を渡された。中には一万四千円が入っていた。三時間分の料金と交通費だ。先払いが原則だという。祐希にとっては大金だ。

お金に見合う時間を提供しようと、一生懸命努力した。

ショッピングモールにいき、トシに合うネクタイを選んであげた。その後でゲームセンターにいき、ホッケーゲームをやった。プリクラを撮って、疲れたからまたカフェに入ってパフェを食べた。桃とチョコで悩んでいると、トシは「二つ頼んだらええよ」と言ってくれた。

駅に着くまでの条件で、手もつないだ。

改札前に着くと、トシは名残惜しそうに祐希の手を離した。

「よかったら、また会ってくれんかな」

その申し出に、祐希は頷《うなず》いてみせる。

「ありがとう。……ゆか」

ゆか？

トシは泣き笑いの表情で「間違えてしもた」と言った。

「娘の名前や。ゆうちゃんは何となしに、あの子によう似とる気ィするわ」

別れ際に、楽しかったからボーナスだと言ってお小遣いを三万円に増やしてくれた。

三万円――たった一日、それも三時間、遊んでいただけで、だ。

時給千円のありふれたバイトなら、同じ額を稼ぐには、辛《つら》い思いをしながら三十時間かかる。いや、高校生なら時給千円のバイトすらなかなかない。

パパ活はまるで魔法みたいだ。

それに、お金を抜きにしても面白かった。人を楽しませるために考えて行動することがこんなに心躍るのだと初めて知った。

「じゃあ、これからもやるんやね？」

アイカがにこにこと尋ねる。だが、祐希は即答することができない。顔を伏せる。

パパ活は儲《もう》かる。楽しい。

けど、心のどこかで「いけないこと」だと認識している自分がいる。

そんな祐希の気持ちが態度に出ていたのだろうか。

「……何で？」

アイカの低い声が投げつけられた。

顔を上げると、冷ややかな目を向けられている。

「せっかく教えてあげて、しかもこんなに儲けたんに、もう辞めてまうん？」

怒っている。アイカが。

何で？　でも、何か言わなきゃ。言い訳をしようとすると、さらにアイカは言う。

「パパ活が悪いって思てるんやろ？　ほなさ、何があかんのか説明してよ。お金が欲しい女とデートしたい男が契約しただけやろ？　スーパーでもの買うんとどうちゃうの？　どっちも嬉しいやん。誰も傷つかへんし損してへんし」

一気にまくしたてられて、祐希は何も言えなくなる。

見ると、ジュンナもチカも押し黙って嵐が過ぎるのを待っている。

「エッチするのがあかんのやったらさぁ、何で風俗はええの？　やってること同じやのに。あんたの父親もきっといってるよ。ていうかエッチしないパパ活もあるし、実際ユーキはそやったやろ？　健全やん。ほな何？　ボランティアで老人ホームいくのもあかんわけ？　おじいちゃんとデートするのは微笑ましくておっさん相手やったら不潔？　意味わからへんわ！」

パン、とアイカの掌が机を叩《たた》いた。クラスメイトたちがこっちを見ている。

「ご、ごめんアイカ。……やるよ。ちょっとビビっただけやから」

謝った途端に、アイカの顔に笑みが戻った。机に頬杖《ほおづえ》をついて、にんまりと笑う。

「……夏が楽しみになってきたね。ユーキ」

そう言う彼女に、祐希は曖昧《あいまい》に笑い返すしかできなかった。

二

「お前さぁ、ちょっとどうにかならんか？」

社内のトイレで一緒になった同期が、鼻を押さえながら言った。

「……え？」

「え、やないて。やり過ぎやろ。奥さんのシュミか？」

何のことだろう。洗面台の鏡に映る自分の姿を確かめる。だが、変なところはない。

「いや、ちゃうて。匂いやろ。……自分でわからんの？」

そう言われ、拓真は咄嗟《とっさ》にスーツの二の腕を鼻に押し付けた。市販の消臭スプレーの匂いがする。そんなに強烈な匂いではないように思えるが、同期はまだ顔をしかめている。

「このところみんな言うとるで。何か、お寺さんみたいな匂いするて」

「寺の匂い……？」

拓真はオフィスに戻ると、後輩の男性社員に近寄った。デスクについたままの彼に袖《そで》口《ぐち》を差し出し、どんな匂いがするのか尋ねる。

後輩は嗅《か》ごうともしなかった。その前に「お香の匂いです」と答えた。

「そうか……いつから匂ってたかな？」

彼は言いにくそうな表情で「僕が気づいたのは昨日からですかね」と答えた。礼を言い、今度は親しい同期の女性社員に嗅《か》いでもらった。

「別に……普通の柔軟剤の匂いや思うけど？」

彼女は、何でもない顔でそう言った。

「お香の匂いとかせぇへん？」

「お香？　何の？　てか、何の質問？」

……やっぱりだ。

いや、何でもないんや。そう言ってごまかし、自分のデスクに戻る。

確認のために、袖《そで》をもう一度嗅いだ。お香の匂いはしない。しかし、恐らく、男性たちが匂うと言っているのは――家で香る、あの匂いのことだろう。

やはりこの怪異は、男にしかわからないのだ。

そして――怪異が外で起きたのは初めてだった。

家の外ならば安心できると思っていただけに、ショックは大きかった。

椅子に座りキーボードに手を置いたまま、ぼんやりとモニターに映る見積書のレイアウトを眺める。何も頭に入ってこない。後輩は匂いを昨日からだと言っていたが、もっと前からしていたのかもしれない。昨日は取引先の会社にいった。一昨日《おととい》は客が来た。

……まさか、ずっと匂っていたのだろうか。拓真は記憶を遡《さかのぼ》って彼らの表情を思い出す。

どこか反応が悪かったのは、匂いのせいか。

……うふふ……

あの声がしたような気がして、振り返る。

後ろのミーティングテーブルで発送作業をしていた女子社員が目を丸くしていた。

「あの、何か……？」

「……いや……」

片手を挙げてモニターに向き直る。

今の声が幻聴か、そうでないのかすらわからなかった。

最近はあの笑い声がずっと頭の中で響いている気がする。

家に帰ると、相変わらず甘い匂いが鼻《び》腔《こう》をくすぐった。

玄関では、勇真がひざを抱えていた。

「勇真？　どないしたん？」

勇真は無言で、拓真の足にしがみついてきた。抱き上げてみると、目の周りが赤い。

「……何かあったんか？」

訊くと、勇真は拓真の肩に顔を埋《うず》めて、「てぇ」とくぐもった声で言った。

「てぇに、さわられた」

「……ほんまか？」

肩に顔を擦《こす》りつけて、勇真は何度も頷く。

「つめたくて、くさかった」

拓真は動揺を隠せなかった。匂い、声、そして姿を見せつけられ——ついにあれは、こちらに触れてきたのだ。明らかに、現象はエスカレートしている。

リビングの扉を開けると、キッチンにいる茉祐が「おかえり」と微笑んだ。カレーをかき混ぜている妻に、拓真は鞄《かばん》も降ろさないまま告げる。

「もう一度、別の霊能力者を呼ぼう」

「え？」

茉祐が手を止めた。その目を見つめて、拓真は言う。

「今度は男の霊能力者を呼びたい。まだ誰に頼るかは決めてないけど、ちゃんと実力のある人やと思ったらできるだけ早い日に——」

「ちょっ、ちょっと待ってよ」

慌てて鍋《なべ》の火を止めると、茉祐はキッチンから出てきた。勇真を抱っこしたままの拓真の二の腕にそっと触れる。

「どないしたん？　霊能力者って……先週呼んだばっかりやん。鳳何とかって人」

茉祐の瞳《ひとみ》は不安げに潤んでいた。

「うん。けど、あの人はあかん」

「あかんって何？　あの人、何も感じひん言うてたよ？　ユーレイなんかおらんって」

「やから、あの人には見えへんねん。男の人呼ばな解決せん」

つい苛立《いらだ》った声が出てしまう。茉祐は傷ついたような表情を浮かべた。

「何？ 女の人やったらあてにならんて？ 拓真ってそんなこと言う人やった？」

「ちゃう。言うたやろ、この家には絶対に、得体の知れんもんがおるねん。そいつは、多分男にしか見えへんのや。やから、勇真や寺内には見えて――」

「聞いたわ。でも、そんなん、信じられへんし」

茉祐はリビングの扉の横の壁を指さした。

「ここに傷がある言うんやろ？ そのユーレイが、赤い爪でつけたって傷が。……どこにあるんよ？ 綺麗《きれい》なままやん」

茉祐は皮肉交じりに苦笑する。

その指がさす先には――五本の傷痕《きずあと》がはっきりと拓真には見える。

あんなに明確に残る傷も、彼女や祐希には見えていないのだと知ったとき、全てテレビか何かの企画で、みんなして自分を騙《だま》しているのかと思ったくらいだ。

だが、茉祐は真剣だった。きっと鳳も。

そして拓真も勇真も、一切ふざけてなどいない。

「……俺は見えとる。勇真も、な？」

勇真は振り返り、すぐにまた拓真の首に顔を引っ付けた。「みえる」

「拓真がそんなこと言うから、勇真が合わせてるんやろ」

茉祐はうんざりした声を出した。

「寺内くんと勇真の写真も……白い腕が見えるとか言うて、そんなんなかったやん。何なん？　もう、いい加減にしてや！」

大きな声に、勇真が「ううう」と泣き出した。茉祐は目を伏せる。

「……ごめん。けど、おるねん。匂いも声もまだしてる。女も腕もはっきり見た。匂いは会社でもし始めた。このままやったら、勇真にも害が及ぶかもしれん。この家にも」

茉祐は目線を合わせてもくれない。はぁ、とため息をついてつぶやく。

「せっかく……新築で家買《こ》うたのに」

「……悪いと思っとるよ」

だけど、自分だって家族の幸せに水を差すまいと我慢した。幻覚だと自分に言い聞かせて、できるだけ平気なふりをしていたのだ。

それでも、我慢するだけでは——知らないふりをしているだけでは、もっと悪いことになると思うから、あえて言っているんじゃないか。

「……勇真に害があるって言うんやったら、霊能力者なんて呼ぶ方がよっぽど害がある思わへんの？　怖がってるし、もっと思い込みが強くなるかもしれんやん。それにご近所さんの目もあるし——お金は？　前の鳳さんやって、ネットで見たらウン十万取られたいう人もおったよ。交通費だけでええて言われたから、よかったけど……」

茉祐の言うことももっともだ。逆の立場なら、自分だって止めていただろう。

冷静になれと。幽霊なんていないと。

やるせなさと怒りが膨れ上がるのを感じる。抑え込むために拓真は黙った。

茉祐が近づき、再び拓真の身体に触れた。顔には慈愛の笑みを浮かべている。

「……ねぇ、カウンセリングいこ？　疲れてるんやって。勇真も一緒に。それでもあかんかったら、霊能力者でも何でも連れてきてよ。拓真の気がそれで済むんやったら」

「茉祐……」

だが、次の瞬間、拓真は戦慄《せんりつ》した。

茉祐のすぐ後ろに——着物の女の後ろ姿があった。

目が眩むような極彩色の着物。結い上げられた黒髪に、紅色の花の簪《かんざし》がいくつも挿さっている。折れそうに細いうなじと、大きく開かれた背中は真っ白に塗られていた。鮮やかな着物の裾がフローリングに垂れている。

その後ろ姿は、遊郭にいる遊女を思わせた。

「う……後ろ！」

「え？……何？」

茉祐は振り返る。目と鼻の先に女の後頭部が見えるはずだった。

「何かあるん？」

しかし、茉祐は不思議そうな顔で拓真を見た。

これでもか。こんなにはっきり見えていてもダメなのか。

拓真ができることは、勇真が振り返らないように彼の後頭部を押さえることだった。

「拓真？　どないしたの？」

「……ごめん……もう寝る」

「え？　ちょっと、ご飯は？」

　勇真を抱いたまま、拓真はあとずさりしてリビングを出る。閉めた扉越しに、茉祐が深いため息をついたのが聞こえた。

　勇真は強く目を閉じていた。どうしたのかと訊《き》くと、

「おんなのひとがみえた」

「……いや、おったんは、お母さんの後ろやろ？」

　ふるふると、勇真は首を横に振る。

「ぼくのまえにも、おった」

　拓真は少し考えて、息子の言葉の意味を理解し、ゾッとした。

　今の今まで――自分の背後にも、別の女がいたのだろう。

　どれくらい眠っていたのだろう。

　電気の消えた寝室で、拓真は静かに目を開けた。意識はまだまどろみの中にあった。

　暗闇の中、ぼんやりと人の頭が見えた。

　誰かが、自分の上に四つん這《ば》いで覆い被《かぶ》さっている。

　その少し荒い息が頬に当たった。耳にこそばゆい感触があり、垂れた髪の毛に撫《な》でら

れていると気づく。

「……茉祐……？」

夢現《ゆめうつつ》のまま、妻の名前を呼ぶ。茉祐は顔を拓真の鼻の近くまで下ろすと、鼻の先端にキスをした。ちゅっと可愛い音が闇に弾《はじ》けた。

それから、もう一度キスされる。今度は頬だった。

「どしたん……？」

答えず、茉祐はキスを繰り返す。その間、拓真は夢と現実の行き来を繰り返していた。顔に飽き足らず、腕や首筋にもキスの範囲が広がる。

そのとき、隣から「うう、ん」と声がした。茉祐の声だ。

途端に目が覚めた。目の前の闇には、自分を見下ろす人影が浮かんでいる。

こいつは……茉祐じゃない。

身体が動かない。視線を動かすことも、目を閉じることもできない。

やがて暗闇に慣れた目がとらえたのは……二つの血走った丸い目だった。

それから、乱れた髪と、弓なりの笑みをたたえた紅い唇。

女だ。知らない女が上にいる。

開かれた口から、笑い声がこぼれてくる。

……うふ、ふ、ふふ、ふ……

口はどんどん大きく開かれ、やがてその奥から、握り拳《こぶし》が現れた。

拳はまるで哺乳類《ほにゅうるい》の胎児が生まれるときのように、固く閉じていた指を開いていく。

真っ赤な爪の手だ。それが顔に触れた。しっとりと濡れている。異様に冷たい。

うふふ、ふ、ひ、ひひ、ひ……

女の目は上転していた。恐ろしさの余り、声が出ない。

（た……助け……）

さらに、どういうわけか森の匂いが漂ってきた。まるで深い森に放り込まれたような、濃厚な木と土の匂いだ。

その奥から、鼻の曲がりそうな腐敗臭がする。

鼻を覆いたいのに、腕はやはり動かない。

追い詰められた意識の中、勇真の言っていたことを思い出す。

（つめたくて、くさかった）

すると、腐臭を隠そうとするかのように——あのお香の匂いが追ってきた。

鼻先で焚《た》かれているかのような濃い香りが脳髄を直撃する。頭がくらくらする。

そのとき、いきなり照明が点《つ》いた。まぶしさに目を閉じる。

再び目を開けたときには——女はいなくなっていた。匂いも消えている。

身体が動く。首を横に捻《ひね》ると、茉祐がリモコンを上に向けたまま、拓真を見ていた。

「……大丈夫？」

「茉祐……あ、ありがとう……何で？」

「何でって……隣からすごい荒い息が聞こえてんもん。悪い夢でもみたん？」

上半身を起こすと、額から汗が垂れる。尋常でない汗の量だった。

「うわ……ちょっと、シャワー浴びてきたら？」

立ち上がると、茉祐のベッドで寝ていた勇真が目を覚ました。そして、拓真の顔を見るなり大泣きした。

「……どないした？　勇真」

勇真は茉祐にしがみつき、「かおが、かおが」と拓真の顔を指さしながら繰り返している。まさか、と拓真は急いで洗面所に向かった。

鏡に映る自分の顔は――無数の口紅の跡で埋まっていた。

「……嘘やろ……」

顔だけではなかった。首筋や腕にまで、誰かのキスマークがべとべとと施されている。

その姿はまるで、夥《おびただ》しい数の赤い芋虫に全身を這《は》われているかのようだった。

拓真はその場にへたり込む。頬にやった指先のぬるりとした感触に鳥肌を立たせながら、たとえ茉祐に反対されようと、新たに霊能力者を呼ぶことを決意していた。

三

十畳のリビングに、いつの間にか西日が射し込んでいた。

ローテーブルの上には、煙草の吸殻が山のように盛られている。昼から話し合ったのに、結論は出ていなかった。いや——ミヤが逃げ続けていたのだ。波瀬の正論から。自分を救おうとする、彼の強い想いから。

無言の部屋に、遠くの電車の音が響いた。薄いカーテンがふわりと膨らむ。生温《なまぬる》い空気は身体にまとわりつくみたいだ。

白いテーブルの向こう側で、波瀬があぐらをかいている。対してミヤは、夕暮れの陽射しから逃げるように、部屋の隅で壁にもたれていた。

テレビ台に置かれた時計は午後六時を示している。まだ着替えてもいない。化粧をする時間も考えたら余裕はなかった。

窓の外で、救急車のサイレンが鳴っている。

「……ごめん、もうお店いかなきゃ」

畳から立ち上がると、波瀬は目線を上げた。

「美也。さっきの話……どうしても、あかんかな？」

諭すような目に、その場から逃げ出したくなる。

普通の人なら怒り出すはずだ。いい加減にしろとか、いつまでも逃げるなとか——でも、彼はそうしない。怒らない。気遣ってくれる。意思を尊重してくれている。

そのことに甘えている自分がいる。

「……アキラだって、もう家出なきゃでしょ」

波瀬は三宮にあるカフェバーを友人と経営していた。窓の近くに貼られたカレンダー、その今日の日付には「アキラ出勤　18：30」と書かれている。

「美也」

穏やかな笑顔のまま、波瀬は静かに告げる。

「呪いを解きたないいんは美也やなくて、おどろしや」

それは恋人としてではなく、霊能力者としての言葉だった。

植え付けられたおどろしの呪いが、呪いを解かせまいとしている。

行動を制限している。意識を操っている……誘導している。

頭ではわかっているのに、身体と心が言うことをきかない。呪いを何とかしようと考えたり、動こうとすると憂鬱《ゆううつ》な気分になる。身体が鉛のように重くなる。

「僕のお師匠さんとこいこ。その人と、仲間に協力してもろたら、きっと何とかなる」

ありがたい話のはずだった。自分のために、たくさんの人が力を貸すと言ってくれている。あとは呪われている本人が頷《うなず》くだけ。

なのに、心のどこかで鬱陶《うっとう》しいと思っている。

「美也」

波瀬は繰り返し、名前を呼ぶ。

「無理やり連れてっても、意味ないんや。呪いは、呪われた人が〝呪われとる〟て認識して、強い意志で抗《あらが》う必要がある。そうやって呪いを心身から追い出さなあかん。受け身の姿勢やったら、呪いに隠れ場所を与えることになるから」

「……わかってるよ」

何度も聞かされた話だ。頭では理解している。

「それに、その呪いは――美也だけに作用するもんやない。もっとえげつない。美也がよぉても、他の人に――」

「わかってるよ！」

思わず叫ぶ。開かれた窓から、一陣の風が吹き抜けていった。

わかっていた。〝何もしない〟を選んだ結果、喜ぶのはあいつだと。

でも、そんなこと考えたくない。他の人だってどうでもいい。呪いも、知らないところでならいくらでも広がればいい。いくらだって殺せばいい。

ただ、何よりも彼を巻き込みたくない。

もう、近しい人を失いたくない。

「呪いとは共存していくしかない。できないなら、アキラとは一緒にはいられない」

言ってから、口を押さえた。

どうしてこんな――しかし、すでに言葉は出ていってしまっている。

見ると、波瀬の顔から笑みは消えていた。

「今のんも……おどろしに言わされとるんかな？」

そう言って立ち上がり、また笑みを浮かべる。今度は淋しい笑い方だった。

波瀬はテーブルを迂回《うかい》して近づいてくる。

立ち尽くしていると、思いつめた表情が目の前に来た。

「僕では勝てんと思う？」

色素の薄い瞳《ひとみ》が、かすかに揺らいでいるのがわかった。

「でも――無関係ではおりたない」

震えた声。彼の瞳がゆっくりと近づいてくる。

美也は動けない。その瞳に囚《とら》われてしまう。

波瀬の唇が、自分の唇と重なろうとしたとき、

「だ――だめっ！」

思わず、彼の頬を叩《たた》いていた。

波瀬は、斜め下を向いたまま、目だけでこっちを見ている。

細めた目には、やさしくも悲しい光が宿っていた。

黄色に近いオレンジ色の光――それが波瀬アキラの色だ。

太陽に似た色。いたわりや思いやりの色。

たった今、彼のことを拒絶したのに、その色は少しも揺らがない。

ごめん、と波瀬はつぶやくと、玄関に向かう。

いってしまう。何か言うべきなのに、言葉が出ない。

申し訳なさとか、無断でキスされそうになったことへの怒りとか、折り合いのつかな

い感情がせめぎ合って、かける言葉が見つからない。

きい、と扉が開く。彼の背中に向かって声をかける。

「アキラ！……今日はほんとに、迎えに来なくていいから」

口を衝《つ》いて出たのは、そんな言葉だった。

「わかった」という熱のない返事だけが、扉の内側に残された。

彼がいなくなるのを待っていたかのように、目から涙がこぼれる。

遠くの六甲山《ろっこうさん》から、ひぐらしの鳴き声が降りてきた。

四

仕事が終わり、駅に向かう途中で茉祐に電話をかける。

『——やから、うちの母親には了解とってあるから。心配せんでええよ』

電話口の茉祐の声には、いつもより艶《つや》がなかった。

『お泊まり会は久しぶりやから、お母さん喜んどったよ。どうせ夜中にホームシックなるんちゃうかな思うけど、何かあったらすぐに会いにいけるし、大丈夫よ』

「うん」

『……拓真は？　早く帰ってくる？』

「……ああ……うん」

『勇真もおれへんし、祐希も友達と遊びにいく言うてたから、すぐに帰らんと……どっかで飲んできてもええんちゃう。家におるより、外のんが』

茉祐はそこで言い淀《よど》んだ。拓真は「うん」とだけ返す。

『あ、でも、寝るのは家で寝てな。……じゃあね』

通話を切る。駅に向かっていたが、拓真の足は止まった。これ以上、あの家にいるのは勇真の精神がもたないと思った。

勇真は今夜、祖母の家——茉祐の実家に泊まることになった。

「おばあちゃんとこいくか？」と持ち掛けると、顔をくしゃくしゃにして何度も頷いた。もっと早くそうしてやればよかったと、今更ながら後悔している。

時計を見る。午後八時を過ぎたところだった。

茉祐には悪いが、正直早く帰ろうという気持ちは起きない。

家に帰りたくない——そんな子供じみた思いを抱いている自分に嫌気がさす。

妻に「すぐに家に帰らなくていい」と言われて、安心している自分がいる。

祐希もまだ帰ってきていないらしい。友達とカラオケでもいっているのだろうか。

そう言えば、最後に「お父さん」と呼ばれたのはいつだろうか。

茉祐のことはちゃんと「お母さん」と呼ぶのに、自分のことは「ねぇ」だの「あのさぁ」だの、ひどいときには「あんた」呼ばわりだ。いや、それでもマシな方だったのかもしれない。高校に入ってからは向こうから話しかけてくれることすらなくなった。

このままでは家族がバラバラだ——そんな思いに駆られ、拓真は祐希に電話をかけた。せめて祐希と話がしたい。出てくれるだろうか——と思っていたら、コール音が止み、無愛想な声が聞こえてきた。

『……何？』

「え？……あ、ゆ、祐希か？」

『そうやけど……何』

拓真は道の端に寄り、思わずスマートフォンに両手を添えた。

「いや……祐希、その、まだ家帰ってないんか？」

『帰ってない。どうせあんたもでしょ』

電話口から、信号の案内音声が聞こえた。どこかの交差点にいるらしい。

「ひとりなんか？」

『友達と別れたばっか。……で、何？』

「祐希。その……えーとな」

拓真は街のネオンを見つめた。半分諦めていたから、何を話そうか考えていなかったのだ。

何よ、とイラついた声が聞こえる。言葉に窮した末に、拓真は言った。

「その、何か……悩みとか、困ったこととかないか？」

『……悩みって？』

通話を切られてしまわないように、拓真はやや早口で話す。

「学校とか、勉強のこととか……お父さんな、祐希ともっと、しゃべりたいねん」

『……悩みなんて話したところで、あんたに解決できんの？』

電話でよかった、と拓真は思った。直接言われていたら、計り知れないダメージだったろう。それに、傷ついた顔を見せずに済む。

「が……頑張るよ。お父さんだけやったらあかんかもしれんけど、そんときは頼れる人全員に頭下げて、祐希の悩みが解決するように努力するよ！」

我ながら情けない返しだ。祐希は黙っている。次の瞬間には切られるのではとドキドキしたが、十数秒後に聞こえてきたのは、信じられない言葉だった。

『じゃあ……ちょっと、聞いてほしいんだけど』

拓真は目の前がパッと明るくなった気がした。あの祐希が、「聞いてほしい」？

「な――何でも聞くで！　電話でええか？　それともどっかご飯でも食べながら――」

そのとき、人混みの中でこっちに手を振る人物を見つけた。

よく伸びた背筋と、きっちりとセットされた髪――杉坂課長だ。

咄嗟《とっさ》に拓真はスマートフォンを耳から離してしまう。

「尼子くん！　帰るとこか？」

人懐っこい笑みを浮かべて、拓真の肩に手を置く。

「え、ええ……課長もですか？」

「ああ。ちょうどええな。飯でもいこや。たまには仕事抜きで。もちろん僕が出すで」

「あ、いや、今夜は……」

断ろうとして、手に持つスマートフォンの画面が切り替わったのを見た。

そこには、「通話終了」の文字が表示されている。あっ、と思い、杉坂を置いて電話をかけなおす。しかし、ワンコールで切れてしまう。

すぐにメッセージが送られてきた。

〝やっぱり聞く気なんてないやん。電話してくるな〟

……やらかした。拓真はがっくりと肩を落とした。

「どないしたんや？　何か、タイミングが悪かったか？」

きょとんとした顔の上司を、拓真は責めることなどできなかった。

その後は何度かけても、祐希は出なかった。完全に態度を硬化させたようだ。

ほとんどやけ酒の勢いで、拓真は杉坂に付き合った。

一軒目の店を出ると、まだ午後十時前だった。

「まだいけるやろ、もう一軒や！」

そう言って、拓真と肩を組んで歩き出す。普段は無理に誘ったりはしない人だが、珍しく出来上がっているようだ。世話になっている手前、邪険にはしにくい。

「どこか店のアテとかありますか？」

問いかけると、杉坂はにやりと笑った。

「決まっとるやろ。ミヤちゃんとこや」

取引先のお気に入りの店にプライベートでいくのは珍しい。どうやら、この前の接待ですっかりあの娘の虜《とりこ》になってしまったようだ。

拓真たちは〈くりむぞん〉のある雑居ビルを目指した。

焦げ茶色の重い扉を開けると、店内に流れている音楽と一緒に冷気があふれ出てきた。キャストの女性たちが一斉に「いらっしゃいませぇ」と声をかける。黒いネクタイのボーイに人数を確認され、カウンターの一番奥の席に案内された。

席に着いてしばらく待つ。スマートフォンには、祐希が帰ったと茉祐から連絡が入っていた。明日《あす》顔を合わせたときのことを考えて拓真は憂鬱《ゆううつ》な気持ちになる。

すると、聞き覚えのある甘い声が聞こえた。

「あ、こんばんはぁ」

カウンターの向こう側を、セクシーな赤いワンピースを身に着けた女性がこっちへ歩いてくる。女性にしては高い身長、くりっとした猫目と、光沢を放つ明るい茶髪。

ミヤだった。

「スギさん、また来てくれたんだ」

きらきらとした目を細めて笑う。男なら誰でも釘付《くぎづ》けになる笑顔だ。

はい、と両手で丁寧におしぼりを渡し、杉坂はそれをまるで宝物のように受け取る。

「お連れさんも――」

そして、拓真と目が合ったとき、ミヤは大きな目を、ことさら大きく見開いた。

幽霊でも見たかのような顔に、こっちが驚いてしまう。

「……ミヤちゃん？」

杉坂が声をかける。ミヤは硬直したまま、何かをつぶやいた。店内に流れるＢＧＭのせいで聞き取りづらかったが、拓真の耳には「何で」と言ったように聞こえた。

「あの、何か……？」

問いかけると、ミヤは取り繕うような笑みを浮かべた。

「何でもないよ。えと、あ、何飲む？」

ごまかすようにメニューを見せてくる。杉坂は探るように拓真の顔を見たが、何の心当たりもない。上司のお気に入りの娘に妙な態度を取られ、内心ひやりとしたが、ビールが運ばれてくる頃には杉坂は上機嫌に戻っていた。

三十分ほど飲んだ頃、杉坂がトイレに席を立った。

「ミヤちゃん、他んとこいかんでなぁ」

ふらふらとトイレへ向かう。らしからぬハイペースだったので無理もない……というよりも、拓真の目には、ミヤが杉坂にばかり飲ませていたように見えた。

杉坂の背中を見届けて、正面を向く。ミヤは拓真を見ていた。女性にあまり免疫のない拓真にとっては、目を合わせているのも恥ずかしくなるほどの美しさだ。

「二人になっちゃったね」

わずかに口角は上がっていたが、目は笑っていなかった。何か不穏な空気を感じながらも、そのセリフと精緻《せいち》な顔の造形にドキドキとしてしまう。拓真は自分を恥じた。家では茉祐が待っている。思春期の娘もいるのだ。スレンダーな胸につけてあるネームプレートには(20)という数字が見え、祐希と五つしか違わないぞと自戒する。

「……あ。あの、おかわりを」

耐えきれず、お酒を注いでもらって間を持たせようとする。

すると、ミヤはカウンターにやや身を乗り出し、拓真の顔を真っ直ぐに見つめてきた。ふわんと石鹸《せっけん》の香りがした。黒い瞳《ひとみ》が、すぐ目の前にある。

「え……」

意図がわからず、背筋を伸ばして後ろに下がる。

たおやかな指が、ミヤの桃色の唇にあてられる。静かに、のサインだ。

「尼子さん。今から言うことは静かに……真剣に聞いてくれる？」

落ち着いた声でそう言う。ミヤの表情は深刻だった。

「は、はい」

すっかり狼狽《ろうばい》して何度も頷《うなず》く。

何を言われるのか——期待と疑念と少しの恐れが、胸の内に膨れ上がる。

そしてミヤは、拓真にだけ聞こえる声で、唐突に告げた。

「あなたは——呪われてる。このままだと、多分死ぬ」

第四章　感染源

一

しばらく、何を言われたのかわからなかった。

「あの、な、何を」

「落ち着いて」

そう言うミヤの声は、それまでとは別人のように低く平淡だった。

「訊《き》きたいことがあるの。まずは答えて。質問には後で答えるから」

真摯《しんし》な目が拓真を射貫《いぬ》く。ミヤは上半身をカウンターの内側に戻すと、グラス一杯の水を差し出した。飲め、ということらしいが、口をつける気にはなれない。

呪われている。そのうえ……死ぬ。

もしも家での怪異のことがなければ、笑い飛ばしていただろう。あるいは真剣な顔を作って、霊能力者ごっこに付き合えたかもしれない。

　だが、今はそんな気にはなれない。

　うろたえる余り言葉が出てこない。ミヤは表情を変えず——拓真の後ろを指さした。

「そいつらは、いつから視える？」

「え？」

　振り返るが、何もない。黒い壁があるだけだ。拓真は正面に向き直る。

「何ですか？　僕には何も」

「腕よ。青白くて赤い爪の腕。十本や二十本じゃ足りない。何人も憑《つ》いてる」

　ぎょっとした。ミヤには視えているのだ。あの腕が。

　もう一度振り返る。だが、やはり何も視えない。

「み、視えるんですか、そこに……？」

「……視えないの？」ミヤは眉《まゆ》をひそめた。

「ゆらゆら動いてる。初めて視たときよりも、ずっとはっきりしてる」

　ミヤの黒い瞳は、拓真の背後の宙を見ていた。

「初めてって……」

「長山と初めて店に来てくれたとき。あのときはまだ、ここまでじゃなかった」

「でも、あのときは」

　ミヤは何も言ってくれなかった。霊に関することは何も。

　だからてっきり、この人は〝自称〟霊能力者なのかと。

「ごめん――知らないふりしたの。関わっても、もうどうしようもないと思ったし」

どういう意味かと尋ねると、ミヤは周りを気にする素振りを見せ、それから口に手を添えて言った。

「その呪いにかかったら……三日くらいで死ぬ。そういう法則《ルール》だから」

三日？　たったの？

「三日って、はは……嘘……ですよね？」

ミヤはゆっくりと首を横に振った。

「本当。今までの人は皆そうだった。だからそう言える」

唖然《あぜん》とした。何を言われているのか理解できなかった。

三日で死ぬ呪い。自分がそれにかかっている。

――このままだと、多分死ぬ――

さっき言われた言葉を思い出す。

ならば自分は……まもなく死ぬのか？

唐突に合点がいく。ミヤが驚いた顔をしていたのは――自分が、尼子拓真はとっくに死んだと思っていたからだ。ミヤにとっては、最初に会ったときの自分は……いわば、呪いの執行猶予期間中だったのだ。

呪いで人が死ぬなんて信じられない。正直、まだ心のどこかではミヤの作り話ではないかと疑っている。身の回りで実際に起きている怪異と、ミヤの創作が偶然に一致しただけではないかと。

　だが、否定しようとすると——意識の闇の中で、あの極彩色の着物の女が立つ。

「ねぇ、いつから視えるのか教えて」

　ミヤの口調には、焦りがにじんでいた。

「ぼ、僕は……死ぬんですか？　嘘ですよね？」

「落ち着いて。そうならないために質問してる。呪われたら霊が視えるようになる。いつから視えるようになった？」

　拓真は初めて女の霊を視たときのことを思い出す。確か、あれは、内覧したとき。扉を閉める手を見た。あれがそうだったとしたら。

「五月……だったと思います」

「……本当に？」

　拓真は頷く。だが、そうすると三日はとっくに過ぎている。

　ミヤは口に手をやり、考え込んだ。

　拓真は水の入ったグラスに手を添えた。冷えたグラスにつく水滴が指を伝う。喉《のど》が渇いているのに、飲む気になれない。

〈くりむぞん〉の店内は変わらず賑《にぎ》わっている。拓真たちの奇妙な会話など誰も聞いていない。聞こえていたとして、冗談だと思うだろう。

　だが、拓真にとっては——ミヤの言葉は、いつしか確かな真実味を帯びていた。

「……き、着物を着た女が見えるんです」

拓真の口は、自然と語り出していた。

「それと、腕も。今言われた、青白くて赤い爪の腕です」

話しながら頭に浮かぶのは、着物を着た女の姿だ。

それから、血塗られたような赤い爪。闇に浮かぶ目。

森の匂い。腐敗臭。お香の香り。

嘲《あざけ》るような笑い声。

「妻や、娘にはわからなくて……あ、でも、勇真——息子には視えるんです。外でも…………お香の匂いが、でも、僕はわからなくて。でも周りの人にはわかって」

「ちょっと、落ち着いてってば」

そっと、ミヤの手がカウンター越しに、拓真の手に重なった。

温かな手だった。白い、だけど霊と違って血の通った手。

視界の端で、隣の客を相手している女の子が慌てているのがわかった。ガールズバーでは肌の接触を伴うスキンシップはご法度だ。ミヤももちろん承知しているはずだ。

それでも、ミヤは拓真が落ち着くまで手を添えてくれた。

「大丈夫。奥さんたちに見えてないなら、危険はないはず。息子さんだって、あなたが大丈夫なら大丈夫。ね？」

彼女の微笑みに、拓真は心がほぐれていくのを感じた。キャストとして接客をしているときのミヤは蠱惑《こわく》的だが、今見せている姿も魅力的だった。やや投げやりな言葉遣いと態度でぶっきらぼうではあるが、地に足の着いた感じは親しみが湧く。こっちが素顔なのだろうか。

「も、もう大丈夫……ありがとう」

拓真は慌てて手を引いた。ひと回り以上も歳下の子の前でパニックになって、しかも慰められて……あまつさえ安らぎを覚えてしまった自分が不甲斐《ふがい》ない。

「訊きたいんだけど、最近誰かとキスした？」

「……へ？」

「キス。最近した？　奥さんとか」

脈絡のない質問に、きょとんとしてしまう。呪いの話は終わったのだろうか。

「えと」

「奥さん以外に関係を持ってる人はいる？　風俗にいったことは？　最近身体に変な黒い痣《あざ》ができたりしてない？」

矢継ぎ早の失礼な質問に、顔が紅潮するのを感じた。

「い、いませんし、いきませんよ、そんなん。急に何ですか」

本当だった。浮気などしたこともなければ、その手の店にいったこともない。

そう釈明すると、ミヤは意外そうな顔をした。

「そんな人もいるんだね」

「……そりゃ、リスクもあるし、妻も嫌がるでしょうから」

ミヤはふっと笑った。それまでの包み込むような微笑みとは違う、からかいの笑みだった。

「大切なんだね、奥さんのこと」

カウンターに頬杖《ほおづえ》をついて、目を細めている。

「ガールズバーに来て言うようなことでもないですよ。……それより、何の質問なんですか。呪いの話は──」

「呪いは感染するから」拓真の言葉を遮って、ミヤは言った。

「もっと言えば、キスで感染していく」

「キスで……ですか？」

拓真は眉をひそめた。ミヤは無言で頷《うなず》く。至極真剣な顔だった。

「尼子さんが呪われていたら、尼子さんがキスした相手も呪われる」

拓真は思い返す。キスなら確か、家を建てた後も何度か茉祐とした。だが、茉祐には女の霊は視えていない。それなら、茉祐は呪われていないことになる。視えないふりをしているようには到底思えない。

そのことを伝えると、ミヤの眉間《みけん》の皺《しわ》はますます深くなった。

「なら……尼子さんも呪われてないことになる。でも、女の霊は視えてる。何で？どうしてそんな、中途半端な……」

訊《き》かれてもわかるわけがない。そして、頼みの綱だと思えたミヤにもわからないのだと知り、拓真はわずかな希望が萎《しぼ》んでいくのを感じた。

ミヤの質問がいち段落したようなので、拓真は逆に尋ねる。

「あの、ミヤ——さんは、何で女性なのに、あれが視えるんですか？」

するとミヤは「へぇ」と感心した表情を浮かべた。

「あれが男の人にしか視えないって、気づいたんだ」

やっぱりそうなのか。推理が当たっていたことに若干の喜びを感じつつも、新たな疑問が湧いてくる。——なぜ、男にしか視えないのか。

「視えるのは、男の人と、それから呪われた人。ちなみに、わたしも呪われてる」

そう言うと、ミヤは手元のビールを飲んだ。しゃべって喉が渇いたのか、一気にグラスの半分近くを飲んでいた。

「呪われてる……んですか？　ミヤさんも？」

それなら、ミヤだって三日で死ぬはずではないのか。

うーん、とミヤは唇を「へ」の字に結ぶ。

「同じというのは違うかも。どちらか言うと……わたしそのものが呪いって感じ」

わたしそのものが呪い……？

発言の意味が汲《く》み取れず、続く言葉を待つ。ミヤは遠い目をして笑った。

「エイズのウイルスがチンパンジーから人間に感染《うつ》ったかもって説は知ってる？　わた

しはそのチンパンジーみたいなもの……かな。呪いの感染源ってこと」

感染源。

まさか、原因はミヤ自身ということか？

それなら……自分が呪われているとしたら、ミヤが呪ったということか？

だけど、拓真はミヤとキスなどしていない。

……わからない。わからないことだらけだ。

拓真はさらに質問を重ねようとした。しかしそのとき、ミヤが店の奥を見た。

見ると、杉坂がトイレから出てきた。千鳥足でこっちに歩いてくる。

「ここまでね」

ミヤはスマートフォンのカバーポケットから、一枚の名刺を取り出した。素早くそれを拓真に渡し、「よかったら、そこに連絡してみて」と言う。

「これは――」

「わたしの知ってる最高の霊能力者。きっと力になってくれる」

「あ、ありがとうございます。……あの、最後に一つだけ」

名刺をポケットに入れて、拓真は早口で言う。

「どうして僕に、呪いについて教えてくれるんですか？」

一度は知らないふりをしたのに。そんな意味を、言外に込めたつもりだった。

あるいは、ミヤはこう捉《とら》えたかもしれない。――一度は見捨てたくせに。

すると、絞り出したような声が聞こえた。

「どうしてだろ……わからない」

納得のいく答えではなかった。信頼に足る言葉でもなかった。

だけども、剥《む》き出しになったミヤの戸惑いを、拓真は非難する気にはなれなかった。

杉坂が戻ってきてからは、ミヤは初めて会ったときの調子に戻った。

にこにこと笑い、甘い声を出し、たっぷりの愛嬌《あいきょう》が詰まった物言いと振る舞いを取り戻した。それらが演技であったことを拓真は思い知った。客商売をしている以上、素ではないと思ってはいたが、予想よりも大きい落差が衝撃だった。

それから十分もすると、ミヤは別の客のところへいってしまった。杉坂はわかりやすくがっかりしていたが、代わりにマリという新人が来ると、初々しさが気に入ったのか、機嫌を取り戻していた。

それからしばらく飲んで、拓真たちは店を出た。

雑居ビルの下で、杉坂と別れる。

駅にいく道すがら、拓真はポケットに入れていた名刺を取り出す。

そこには、見知らぬ名前が載っていた。

〈Café bar GREEN TORCH

店主
波瀬　アキラ
０９０××××××××
green-torch@×××××××
兵庫県神戸市中央区《ちゅうおうく》××町○—○—○○
営業時間：11:00～24:00〉

二

その日も店を出たのは、日付が変わってからだった。

七月の夜の生温《なまぬる》い風に吹かれながら、ミヤはビルを出る。看板の前で立ち止まって周囲を見るが、波瀬は来ていなかった。今夜は彼も深夜までの勤務だから当然だ。

それに、仕事がなかったとしても、来なくていいと言ったのだ。

なのに——落ち込んでいる自分は勝手だと思う。

ポケットからスマートフォンを出す。長山からメッセージがいくつか来ていたが無視して、波瀬の電話番号を表示する。店は午前0時で終わりだから、今は後片付けを始めたくらいか。それなら出てくれるかもしれない。

助けたい人がいる——そんなことを言ったら、波瀬はどう反応するだろうか。

勝手なことを言うなと怒ることはないと思う。気まぐれだと呆《あき》れることも。

多分、「よかった」と言って笑ってくれる。

どうして尼子を助けたいと思ったのか、ミヤは自分でもわからなかった。出がけに波瀬と口論になって、説得されたから？　もしくは、死んでいると思っていた人が生きていて、気持ちが高揚したせいかもしれない。呪いに立ち向かう気持ちが、突然に芽生えたのだろうか。

あるいは――尼子のオーラが、波瀬の色と少し似ていたからか。

暖かな木漏れ日のようなオーラ。やさしい人なのだろう。聖人というほどではないにしても、家族を大事にできるほどには。

霊視ができるようになって気づいたことは、世の中には助ける価値のない人間が多すぎるということだ。そう言うと、波瀬はいつも困ったように笑った。

「それは、ミヤがそういう風に世の中を見とるからやよ」

だけど――ミヤはそうは思わない。

一部の例外を除いて、霊は無関係の人間に取り憑《つ》いたりしない。理不尽な呪いなんて滅多にない。スピリチュアルな方面で悩む人間というのは、大抵は「自業自得」とでも言えるケースばかりだ。中には呪いや霊の方を応援したくなるような外道もいる。

波瀬の近くにいると、そんな連中は嫌でも目に付く。

中絶した子供の水子を祓《はら》ってくれ、浮気相手の生霊を鎮めて欲しい、パワハラの末に自殺した部下の幽霊を地獄に送れ――彼らは自分のやったことを棚に上げて、いけしゃあしゃあとそんなことを言ってくる。

なぜ恨まれているのか、なぜ呪われているのか。そう自分を顧みることをしない。

自分に取り憑いたものの気持ちなんて考えない。害虫程度にしか思っていない。

本当の意味での除霊には、そのプロセスが大事なのに。

「そういう気持ちに導くんも、僕らの仕事かもしらんなぁ」

波瀬はそう言って、ミヤの怒りを宥《なだ》めようとする。

(やさしすぎるんだ、アキラは)

やさしい彼が、どうしようもない連中のために精神や寿命を削っている。

もちろん、筋違いな理由で霊に憑かれる人もいる。逆恨みで呪われる人もいる。

そういう人たちを助けるときの彼は、すごく誇らしい。

「もしも、美也が誰かに呪いを感染《うつ》してもうたら――僕に教えてな」

どうしてそんなこと言うのか。

「僕、その人のこと助けてあげたいねん」

無理。

無理だって、アキラ。

「間接的にでも、美也が人殺しになるなんて、嫌やから」

もう遅い。彼と出会う前に――いや、出会った後でも。

すでにもう、何人も呪い殺しているのだから。

無理やり奪った奴らを。

あなたとすら重ねていない唇を……。

そんな奴らを「助けてあげて」なんて言えない。

どいつもこいつも、まとっている光は黒、黒、黒。

黒、黒、黒、黒黒黒黒赤赤赤黒赤黒黒赤赤赤赤——

あんな奴らの役に立ちたいなんて、絶対に思わない。

そう思っていたのに。

（あんな人も……たまにはおるんや）

尼子のオーラに、嘘の色は視えなかった。

ああいう人なら、助けてあげて欲しい。助けてあげたい。

不思議だった。あれだけ他人なんてどうでもいいと思っていたのに、今は尼子の呪いを解くことを優先して考えている。

結局、彼の真似がしたいのかもしれない。

そのとき——背後から人の気配がした。

振り返ったときには遅かった。そいつは両手を大きく広げたかと思うと、食虫植物が口を閉じるように、ミヤに抱き着いてきた。

「ちょっと！」

両腕を押さえられて抵抗ができない。顔は近づきすぎていて誰かわからない。

汗と整髪剤の混じった匂い――男だ。

叫ぼうと開いた口に、男のこめかみの部分が当たる。太い髪の毛が口に入る。

バランスを崩した身体はよろよろと近くの電柱に押し付けられた。

ごつ、と後頭部で音がした。鈍い痛みが遅れて響いてくる。

すると――男はバッと顔を離し、こちらを見た。

「ミヤちゃん」

低く興奮した声が、荒い息とともに顔にかかる。

電灯の下で明らかになった男の顔を、ミヤは知っていた。

「ちょ――」

次の瞬間、生暖かい感触が唇を塞《ふさ》いだ。

第五章　自堕落

一

〝一昨日はありがと。あの映画観たかったんやけど、おっさん一人やとちょっとな〟

〝いえいえ 笑 あたしもごちそうさまでした。ステーキおいしかったー♪〟

〝またいこ。ゆうちゃんの食べとるとこ見てたら、ぼくも幸せな気持ちになれたわ〟

〝ぜひぜひ。あ、トシさんは女の子で好きな服装とかありますか？〟

〝うーん、ゆうちゃんの好きな恰好《かっこう》でええよ。何着ても可愛いし 笑〟

土曜日。

朝からメッセージのやり取りをしている相手は、アイカたちではなく、トシだった。

クーラーの効いた自室のベッドに転がりながら、彼からのメッセージに返信する。今日は特にやることもないので、薄手のパーカーにショートパンツ姿のままだ。

トシとは、一昨日も会っていた。お昼休みにメッセージが届いたのだ。観たい映画があるが、若い子向けで一人では恥ずかしいから一緒にいって欲しい、という内容だった。放課後になって、制服のまま待ち合わせ場所に向かった。待ち合わせ場所は一回目のデートと同じカフェだ。

しばらく待つと、仕事帰りのトシがやってきた。彼はスーツ姿で、制服姿の祐希を見つけると「ほんまに女子高生やったんや」と皺《しわ》を作って笑った。

店を出ると、トシはお土産だと言って温かい袋をくれた。開けてみると、ふんわりと甘い匂いがする。駅構内で売っている御座候《ござそうろう》だった。いかにもおじさんが渡してきそうなお菓子で、祐希は噴き出してしまった。

映画館のあるビルにいこうとすると、トシはその前に服を買いにいこうと言った。

「高校の制服のままやったら、のんびりできへんやろ」

祐希は彼を連れて、いつも入るのを諦《あきら》めていた、お洒落《しゃれ》だが値段的に手の届かないショップに入った。

黒のシアートップスに、生成色のロングスカート。二つ合わせると一万五千円を超える。ちらりとトシを見ると、

「もちろん買うたるよ」

祐希はすっかり驚いてしまった。お小遣いとは別に、服まで買ってもらえるなんて。デートにかかる費用は全てパパ持ち。それがルール。アイカたちから聞いてはいたも

のの、実際に服まで買ってもらうと不思議な気持ちになる。何か、世の中の法則を覆しているような、自分が神様にでもなったような気分だった。

父親と同じか、それ以上の歳の男の人が尽くしてくれる——そうさせるほどの魅力が自分にあるのだと知り、誇らしかった。

その後、映画を観た。さほど面白くなかったが、タダで観られたのでどうでもいい。それよりも一番大きいサイズのキャラメルポップコーンが嬉《うれ》しかった。

映画館を出たときには午後八時前だった。それから、映画館とは別のビルにある鉄板焼き屋さんに連れていかれた。間接照明がたかれた上品なお店で、窓の外には神戸の夜景が見える。大人がデートでいくようなお店だった。

シェフが目の前で焼いてくれた、高級な分厚いお肉を食べた。

帰り際に、トシは「後になってもうた」と言ってお小遣いをくれた。四時間分と交通費。うち二時間は映画を観ていただけなのに、ちゃんと計算に入っていた。

祐希は何だか悪い気がして、せめて二時間分のお金を返そうとした。

しかし、トシは受け取ろうとしなかった。

「ゆうちゃんの時間もろたんには変わりないから」

そんなわけで、一万八千円は祐希の手元にある。

確か、アイカは十万稼いだと言っていた。この分ならあと三回で到達できるだろう。

ジュンナは当たりを引いたと言っていたけど、トシも十分に当たりだと思う。

お金持ちであることを差し引いても——あんなに紳士的な人はいない。

〝あたし、初めてのパパ活の相手がトシさんでほんとによかったなって思います〟

〝どないしたん。急に 笑〟

〝トシさんが本当のお父さんならよかったのに〟

〝でもぼくみたいな男ばっかりやないから、他と会うときは気ィ付けた方がええよ〟


他。他の男の人。考えたこともなかった。

アイカたちも何人かパパがいるとは言っていた。だけど祐希は、トシ以外のパパなんて考えられない。もっと怖い人が来たらどうする？　性的なことを強要されたら？

ふと思う。どうして彼は、そんなことを言うのだろう。

自分に、他の男と会って欲しくないと思わないのだろうか。もしかして、もう愛想が尽きてしまったのか。服まで買わせて、がめつい子だと思われたのだろうか。

考えすぎかもしれない。でも、祐希にとってトシは救世主だ。できるだけ好かれて、リピーターになってもらわなければ。

〝ところで、ゆうちゃんは今、おうちおるん？〟

トシから追加のメッセージだ。できるだけ早く、愛想よく返す。

〝おうちですよー♡　今日は家から出ない日です♪〟

〝そうなんや　笑　家やったらどんな恰好しとん？〟

〝今は部屋着です。全然オシャレじゃない　笑〟

〝えー、どんなんか見たいな〟

見たいとはどういう意味だろうか。部屋着姿を、ということだろうか。

〝さすがにこの恰好でデートはできないです　笑〟

〝ほな、今写真送って　笑〟

え、と声が出た。写真？

さすがにそれは――抵抗があった。

部屋着姿を送ることにじゃない。個人が特定できる画像を送ることに、だ。

パパ活体験談にも書いてあった。お金を払うと言われて、下着や裸の画像を送ったら、それをネタにして強請《ゆす》られた――いわゆるリベンジポルノというやつだ。

断りのメッセージを打っていると、

〝今ぼくも家で一人で、さみしくて〟

〝ゆうちゃんが写真をくれたら、娘がいる気分になれるかなって思って〟

〝変なこと頼んでごめん。忘れて〟

連投されるメッセージに、彼の焦りが表れていた。

家で一人、という文言に、トシがしてくれた話を思い出す。変な目的で言っているわけではないと知り、安心する。——そうだ、彼は紳士的だから。エッチな写真を要求したり、リベンジポルノなんてしない。そんな人なら、とっくに襲われている。

カメラアプリを起動する。うまく顔の全体が写らないように、身体だけ撮れた。背景は真っ白な壁で、これなら住所を特定することもできないはず。

写真データを送ると、すぐに返信が来た。

〝おお！　生活感があってええね。ゆうちゃんが家におるみたい　笑〟

何の色気もない写真だけど、喜んでもらえてよかった。やっぱり、彼が求めていたのはそういうものじゃない。自分を娘みたいに思っているから、近くに感じたくて写真を欲しがっただけだ。

すると、てろん、とさらにメッセージが届いた。

〝家に一人やないんや？　友達が来てるん？〟

……友達？

〝いえ、来てませんよ。部屋にはあたししかいないし〟

てろん

〝やって、後ろにおるやん 笑 何かあるん？　着物着て〟

振り返ってみる。だけど、もちろん誰もいない。白い壁があるだけだ。

何を言ってるんだろうと思い、そう言えば父親も似たようなことを言ってきたことを思い出す。女の声や姿がどうのこうの。この年代の間で、そうやって歳下とコミュニケーションを取ろうとするのが流行《はや》っているのだろうか？

仕方がない。乗ってあげようと返事を考えていると、

〝ごめん。何でもない〞

そう送られてきた。つまらないと感じているのがバレたのか。祐希は少し慌てて「びっくりさせないでくださいよー」と返し、次に会う約束を取り付ける。

次は週明け。月曜日に会うことになった。

スマートフォンを放り出して、ベッドで大の字になる。

自然と笑みが出る。お金も入って、タダで遊べて。

——そのうえ、誰かに必要とされている。

二

月曜日。学校にいくと、アイカは休みだった。

「珍しいよね、アイカが休みて」

昼休みになって集まったときに、チカがパンをかじりながら言った。アイカがいないために誰の席に集まるべきか逡巡《しゅんじゅん》したが、二人は祐希の席に来た。

「風邪ちゃう？　それか生理か」

紙パックのアイスティーを飲みながら、ジュンナはスマートフォンをいじっている。夏服の第二ボタンまで開けていて、紫色のブラが少し見えていた。

二人ともアイカから個別に連絡をもらっているようではなく、祐希は少し安心した。

なぜアイカが休んでいるのか、祐希も知らない。朝のホームルームで担任教師は「真壁《まかべ》は体調不良」とだけ言っていた。それを聞いてすぐに「大丈夫？」とメッセージを送っていたが、未《いま》だに返信はない。寝ているのだろうか。

アイカから連絡が来たのは、昼休みが終わる五分前だった。

しかも電話だった。何事かと思い、すぐに通話ボタンを押す。

「もしもし、アイカ？」

電話口の向こうは沈黙だった。さーっという音に混じって、荒い息遣いが聞こえる。

「アイカ？　どしたん？」

呼びかけても返答がない。もう一度呼びかけようと息を吸うと、

『ちょっと黙って』

「……アイカ？　どしたの？　具合悪いん？」

『静かにして。聞いとって』

抑揚のない声で言う。そのとおりに黙っていても、彼女は何も言わない。

「アイカ、何て？」

チカが訊《き》く。祐希は肩をすくめてみせた。静かにしていろと言う割には何も言ってこない。意図がわからなかった。それでも黙って、教室の喧騒《けんそう》の中、電話口の音に耳を澄ませる。一分くらいそうしていただろうか。

突然、堰《せき》を切ったようにアイカが声を出した。

『……ほら！　今、聞こえたよね？』

それまで黙っていた分を取り返すほどの大声だった。

「……何が？」

祐希には何も聞こえなかった。さーっとかすかなノイズがしていただけだ。

『何で、聞こえたやろ？　声、したやろ？』

声？

「どないしたん？　何も聞こえへんよ。誰か近くにおるん？」

おる、とアイカは答える。泣き出しそうな声だった。

『部屋に、誰もおらへんのに、誰かおるの。土曜日くらいから』

誰もいないのに誰かいる。少し考えたけど意味がわからない。

『に、匂いもするの。甘くて……おばあちゃんちみたいな』

匂い？

『……っ、ほら、今もした！　笑ってる！　お、女の人が！』

電話口の声は必死に訴えるが、祐希には今も何も聞こえない。

「ちょっと落ち着いてや。何言うてるん？　よくわからへんよ」

『うちかてわからへんよ！』

音が割れるくらい大きな声だった。すぐに、うう、と嗚咽《おえつ》が聞こえた。

何が起きているのかわからない。ただ、アイカはパニックに陥っている。

チカとジュンナも異常を感じたのか、しゃべるのをやめてこっちを見つめている。

『匂いがして、声がして……そ、それで、今朝、着物の女の人が、部屋の隅に』

着物の女——父親もトシも、同じようなことを言っていた。

何か不穏なものを感じて、祐希はスマートフォンを握りしめる。

「もしもし、アイカ。その人は今もおるん……？」

泣きじゃくる声の中で、小さく「おる」と聞こえた。

すると、数秒の沈黙の後に、てろん、と着信音が鳴った。チカがスマートフォンを操作し、「アイカからだ」と画面を見せる。

部屋の一角の写真だった。ベッドとクローゼットの一部、それと薄桃色の小さなタンスが写っている。

『ユーキ、わかるよね？　おるよね？　ずっと、こっち見てて。その人』

「え、えっと……」

反応に困った。人なんて見えない。チカとジュンナに助けを求めても、二人とも首を振る。

「ごめん。アイカ、あたしたちには何も——」

『そんな……もっとよう見てよ！』

てろん。また何か送られてきた。見ると、さっきと同じ画像だった。

「アイカ？　さっきと同じで何にも」

てろん。また同じ画像が送られてくる。

「アイカ」

『これは？　ねぇ、これなら見えるやろ？』

てろん
てろん。てろん。てろん。てろんてろんてろんてろん……

メッセージ画面が同じような画像で埋め尽くされていく。少し構図が変わったり距離が変わったりしているが、共通するのは人など写っていないということだ。

てろんてろんてろんてろんてろんてろんてろんてろん。

「ねぇ、ちょっとヤバいんちゃうの？」

ジュンナが青ざめた顔で祐希の肩を揺さぶる。チカもスマートフォンを机に放り出して固まっている。

「アイカ！　もうやめてっ」

ぶつ、と電話は切れてしまった。

同時に、画像が連投されていた音も止まった。

祐希たち三人は、黙ってお互いの顔を見ていた。誰も何も言わなかった。

予鈴が鳴り、五時間目の担当の教師が入ってきた。席につけよー、と教師が言うままに、ジュンナとチカは波が引くように自分の席に戻っていった。

三

それから放課後になり、祐希は急いで学校を出た。

ロングホームルームがあったせいで、家に着いたのは午後五時過ぎになった。トシとは六時の約束だ。急いで制服を着替えて、いつものカフェに向かわなければならない。

アイカから連絡はない。あの後こっちからもまた連絡してみたけれど、反応はない。彼女がいったい何を見たのか、何を伝えようとしたのかはわからない。ただ言えることは、アイカは何かにひどく怯《おび》えていたということだ。

着替え終えて、姿見の前に立つ。英字のロゴが入ったTシャツに、ワイドレッグの黒のショートパンツを合わせた。

自分の部屋を出て、階段を降りていく。一階に降りると、ダイニングテーブルでうなだれる茉祐の背中が見えた。そっと近づく。何をするわけでもなく、椅子に座って目を閉じている。その横顔には、明らかな心労が見て取れた。

「……お母さん、大丈夫？」

声をかけると、茉祐は面を上げて、疲れた顔で笑った。

「ああ……ちょっとぼうっとしてた。……出かけるん？」

「うん。……あかん？」

「ええよ。でも、あんまり遅ならへんようにね。お父さん、えらい心配してはるから」

以前はキビキビとしていた母だが、今は大分消耗しているように見える。勇真が祖母の家にいっていて、淋《さび》しいのかもしれない。

「あたし、いってええの？」

「ええよ。友達と約束してるんやろ？　お父さんも遅いやろうし、勇真もおれへんし……今日はお母さんも休ませてもらおかな。晩御飯もテキトーに済ませて」

拓真は最近帰ってくるのが遅い。まるでこの家から遠ざかろうとしているようだ。茉祐は「せっかく家買ったのに」とつまらなそうだった。

そや、と茉祐は手を叩《たた》いた。

「明日《あした》、お父さんのお客さんが来るて。て言うても、あんたが学校いってる間に来はるみたいやけど」

「お客さん？　誰？　てか、明日あの人も仕事やないの？」

「会社休むんやて。お客さんいうんは、あれよ」

茉祐は眉《まゆ》をひそめて、我が家だというのに憚《はばか》りながら言った。

「――霊能力者さん。今度は男の人呼ぶんやて」

霊能力者。拓真はこの前も家に呼んだらしい。結局、霊能力者にさえ霊の存在を否定されたというのに、また呼ぼうというのか。

「ねぇ、あの人ちょっと変やって。おかしなってるよ。それか騙《だま》されとる」

祐希は茉祐に詰め寄る。茉祐は困ったような笑顔になって、

「私もそう言うたんやけどなぁ……でも、勇真まで見える言いよるし」

「あの人がそんなことばっかり言うから、勇真が真似しよるんよ」

相手が違うと承知しながらも、祐希は怒鳴ってしまう。この家で一番辛《つら》い思いをしているのは母なのに。

「うん、でも、お父さんも仕事で疲れてはるから。環境変わったいうんもあるし……一回は反対したけど、お父さんのしたいようにさせたるんもええかなって」

言いたいことが喉《のど》までせり上がってきたが、それは母ではなく、あの父親にぶつけたい言葉だと気づいて飲み込む。

「アホちゃうん」

それでも、つい息を吐いた拍子に罵倒《ばとう》の言葉が漏れてしまう。母は静かに笑った。

「お父さんも、ふざけてるわけちゃうと思うよ。霊能力者呼ぶ言うたときも、えらい真剣やったよ。ほんま、お父さんにしか見えへんもんが見えてるんちゃうかって思うくらい」

祐希は、父の言っていたことを思い出す。お香の匂い。女の声と着物姿。やたら長い腕と赤い爪、そして壁に刻まれた傷。そのどれも、祐希は見たことはない。

だけど――気になる点もあった。着物姿の女は、トシも見たと言っていた。

そして今日、アイカまで。

偶然だろうか。あの三人はお互いに会ったこともないはずだ。

もし……もしも、彼らの見えているものが、同じものだとしたら？

「……祐希、まだいかんでええの？」

茉祐の言葉に、壁にかけてある時計を見る。出かける予定時刻を五分も過ぎていた。

「あ……いってくる」

「気をつけてね」

四

待ち合わせ場所にいたトシは、少し顔色が悪かった。

「ほな、いこか」

やや硬い笑顔。体調でも悪いのだろうか。仕事が忙しいのかもしれない。祐希が訊《き》くと、彼は力なく笑って「ちょっと睡眠不足やねん」と言った。

広東《カントン》料理屋を予約していると彼は言った。知り合いがやっている店だという。

大通りに面している、中華風の門構え。見るからに高級店だったが、トシの案内だったので「やっぱりな」くらいにしか思わなかった。

飴色《あめいろ》の光に満ちた廊下を歩き、個室に通される。クロスのかかったテーブルの上に、赤い花と丁寧に畳まれたナプキンが置かれていた。回るテーブルじゃないのか、と少しがっかりした。

どうぞこちらへ、とウェイターが椅子を引いてくれたが、トシはなぜか個室の出入口で足を止めていた。部屋の片隅を見て、目をカッと開いている。

「……トシさん？　座らへんの？」

「あ、ああ……」

ジャケットの内ポケットからハンカチを取り出して、顔を拭《ぬぐ》っている。額には大汗がにじみ、照明を照り返している。そんなに暑いだろうか？

コースの説明を終えると、ウェイターが恭しく頭を下げて部屋から出ていった。

一応訊くけど、と前置きをして、トシは言った。

「……あの隅に、何か見える？」

隅？　祐希は指さされた方を見た。豪華な羽を持つ鳥の絵が壁にかけてあるだけで、特に気になるものは見当たらない。綺麗な絵ですね、と言うと、

「いや、そやなくて……ごめん。忘れて」

期待された答えではなかったらしく、祐希は縮こまってしまった。

やがて、料理が運ばれてきた。食べながら他愛ない話をする。学校のことや、家のこと、若い子の間で流行《はや》っていること……ときどき、個人情報をうっかりしゃべってしまいそうになる。それだけトシに心を開きつつあった。彼の本名すら知らないのに。

話している途中も、トシは少し変だった。祐希の斜め後ろの空間をじっと見つめてい

る。何かあるのかと振り返るけれど何もない。声をかけると「何でもない」と口では言うものの、蓮華《れんげ》を持つ手が震えていた。やたらと水を飲むかと思えば、食事はあまり進んでいない。落ち着かない様子でネクタイを触り、目を左右に泳がせている。しまいには紹興酒《しょうこうしゅ》をハイペースで飲み始めた。いつもは酒など飲まないのに。

「トシさん……大丈夫？」

「ごめん。今日は飲ませて」

たちまちトシの顔は紅潮した。待ち合わせのときの雰囲気といい、今夜は何か変だ。仕事で嫌なことでもあったのだろうか。

「ゆうちゃんも飲まへん？」

「え？」

「ちょっとくらいなら大丈夫や」

コップに三センチほど注がれた紹興酒は、薄めた醤油《しょうゆ》みたいな色だった。祐希はどうしようかと途方に暮れた。未成年であることを理由に断ることもできるが、せっかくトシの機嫌がよくなってきたところで断れば空気が壊れるような気がした。お酒を飲み始めてから、トシの目は獣のようにぎらぎらとして少し怖い。

「じゃあ、ちょっとだけ……」

祐希は紹興酒の入ったコップをゆっくりと口元に近づける。匂いを嗅《か》いで、顔をしかめずにはいられなかった。薬品の匂いだ。昔、風邪を引いたときに祖母からもらった漢方薬と同じ匂いがした。こんなものの何がおいしいんだろう。

やっぱり無理ですと言いたいけれど、トシは赤い目でじっと祐希を見ている。飲まなければ嫌われてしまうかもしれない――そう思った。

あのときと同じだ。アイカたちに、パパ活を勧められて断れなかったときと。

「い……いただきます」

意を決して、コップを傾ける。

薬品は、舌に触れると甘い液体に変わった。それも胸が焼けるような甘さだ。液状の不快感が食道を通って胃に落ちていく。身体がかぁっと熱くなるのがわかった。

コップをテーブルに置く。アルコールを飲んだのは初めてだった。

「そんな、一気に全部飲まんでもええのに」

トシは手を叩《たた》いて喜んでいた。真っ赤な顔いっぱいに、愉快そうな笑みが満ちている。

「……ほな、もう一杯いこか」

トシは中腰になり、空になった祐希のコップに酒を注いだ。……さっきより大量に。

祐希は身震いした。さっきの量だけでもう頭がくらくらしている。ＢＧＭのオルゴールの音程が大きく外れる。四角いテーブルが歪《ゆが》んで見える。

嫌ですと言え。飲みたくないと。

だけど、トシは祐希を見ている。試す目で。期待している目で。

ダメだと判断されたら――バカにされる。笑われる。

違う、もっと恐ろしいことになる。

相手にされなくなる。

祐希の手がコップを摑《つか》んだ。それを口元まで持っていき、大きく傾ける。

——胃の底に落ちたはずのアルコールが、マグマみたいに上がってくる。

目の前がぐるぐると回る。椅子から転げ落ちそうになり、テーブルの端を摑んだ。

「可愛いねぇ、祐希ちゃんは」

テーブルの向こうで、トシが何かを言った。

五

身体が熱いのに、どこか寒気がする。

頭がぼんやりしているのに、心臓はやたらと動いている。

ずっと同じ料理がずっとテーブルにある。

どれくらい時間が経ったかわからない。

唇から喉《のど》に冷たい感触が走る。水だ。誰かに水を飲まされている。

身体の熱が、少しだけマシになる。

「いこか」

腕を摑まれて無理やり立たされる。手を引かれて歩いていく。

生温《なまぬる》い空気。夜の街。行き交う人たちの笑い声と客引きの声。

やがて人気の少ない道に出る。猫が歩いている。祐希も歩いている。

自動ドアが開く。冷房の効いた室内。

エレベータに乗る。浮遊感でまた気持ちが悪くなる。

きいい

扉が開く音。真っ白いベッド。そこに放り出される。ぼふ、と掛け布団に頭を埋《うず》める。

……どこだろう、ここ。

トシさんの家？

「……ここ、どこ……？」

トシがベッドに腰を下ろした。ジャケットを脱ぎ、白いカッターシャツ姿になっている。しゅる、とネクタイが抜き取られる音がした。

「ラブホテルやで」

ラブホテル？　いかがわしい単語に、意識が少し覚醒《かくせい》する。

上体を起こして周囲を見回すと、初めて来る場所にいた。

蜂蜜色《はちみついろ》の灯りに照らされた広い部屋。ボルドーの壁には薄型テレビがかけてあって、メニュー画面が表示されていた。ローズウッドのアロマの香りと、万華鏡みたいな模様の絨毯《じゅうたん》が妖艶《ようえん》な雰囲気を醸している。向こうには赤い革張りのソファーがあって、祐希の鞄《かばん》とトシのジャケットが置かれていた。

……どうして、こんなところに……。

「先にシャワー浴びる？」

トシが指さした先には、ガラスの壁に囲まれたバスルームがあった。底が虹色《にじいろ》に光っている丸いジャグジーが丸見えだ。

「それとも、一緒に入る？」

トシは手を伸ばして、祐希の腰に手を回してくる。ベッドの上をすり動いて、ぴったりと横につく。アロマでは隠し切れない、ほこりっぽい加齢臭が鼻についた。

「あの」

「こんなとこ来たん、初めてやろ？」

お酒の臭いに顔を背けたくなる。やさしい物言いは変わらないのに、声はどこかねっとりとしている。

何だかヤバい――逃げ出そうとする祐希の腕を、トシの手が素早い動きで摑んだ。

「祐希ちゃんって――処女やんな？」

祐希はトシの顔を見た。彼はにやりと笑った。

投げつけられた言葉よりも、本名を呼ばれたことに驚いていた。

「な……何で」

酔いが醒《さ》めるという感覚を知った。学校バレ、特定、恐喝――ネットで見た体験談に並んでいた言葉が浮かんでくる。トシの瞳《ひとみ》には、血の気の失《う》せた祐希の顔が映っている。

「知ってたよ。最初から」

トシの顔の皺《しわ》が深くなる。弓なりの唇の隙間に、ピンクの舌が顔を出した。

「きみの通う高校も、クラスも、プライベートの電話番号もメールアドレスも。アイカちゃんが知っとることやったら何でも」

アイカ……？

「ど、どうして、アイカの名前が出てくるん……？」

皮の厚い手が、祐希の後ろ髪を何度もゆっくりと撫《な》でている。

「言うたらあかん言われててんけどな、もうどうでもええわ」

ずい、と青髭《あおひげ》の生えた顔が近寄った。

「俺な、あの子のパパもやっとんのや」

耳を疑った。アイカも、トシさんと？

何で……どうして。

「ええ子やったんやけど、ちょっと最近飽きがきてな。まぁ、それでも先週の土曜日も会《お》うてヤッたんやけど」

もう片方の手が、祐希の太ももに置かれる。祐希はぎょっとしてその手を払いのけるが、トシは何事もなかったかのようにさらに触れてくる。

「それで、あの子の学校の子をパパ活に誘導してもらって、それをいただくいうやり方に変えたんや。条件に合う子を紹介してもろて、あの子にお金を払う。優秀なポン引きやで。何より初めての子ぉばっかりやから、こっちが騙《だま》される心配もあらへんし」

何を言われているのかわからない。トシの顔つきはすっかり変わっている。

どろりとした目で祐希を見ている。

「祐希ちゃんのことも、うまく取り持ってくれたで。素直でお金がなくて処女の子。注文どおりや。あとは何も知らんふりしてアプリで声かけるだけや」

アイカが、自分を……騙した？

信じられない。信じたくない。

「む……娘さんは？　離れて暮らしてるって」

トシは、一層祐希のことを愛《いと》おし気に見つめた。

「何でも信じて、可愛いもんやなぁ」

ショートパンツの中に指を入れられる。祐希はその指を摑んだが、万力のような力で手を引き剝《は》がされた。太ももの付け根で、弄《もてあそ》ぶみたいに人差し指が動いている。

この人に娘なんて、そもそもいないのだ。酩酊《めいてい》した脳が危険信号を送り続けている。

もう自分が心を開いたトシはいない——いや、初めからいなかったのだと悟る。

全部仕組まれていたのだ。

ずっと、この人に遊ばれていたのだ。

「い……いやっ！」

両手を突っ張ってトシから離れると、バランスを崩してベッドから落ちた。さっきよりはマシになっているとはいえ、身体はまだアルコールでふらふらしている。

何とか立ち上がって扉へいこうとする。だが、後ろから肩を掴まれて再びベッドに引き倒される。抗《あらが》いようのない力に、祐希はトシが男性であることを思い出した。

トシはゾッとするほど穏やかな表情でこっちを見ている。シャツのボタンがいくつか開いて、日に焼けた胸が露出していた。

「や、やだ……やだっ！」

「黙れ！」

太い怒鳴り声が響いた。祐希の身体はびくりとベッドの上で跳ね上がる。

だが、怒鳴り声は祐希に向けられたものではなかった。

なぜかトシは背後のソファーに向かって怒鳴ったのだ。

ぐるん、と赤い顔がこっちに向き直る。

「な……何で？」

何で誰もいない方を怒鳴りつけたのか——そういう意味で訊《き》いたつもりだった。

「何で、パパ活なんてしてるんかって？」

しかし、トシは別の意味に取ったらしい。せやなぁ、とベッドに乗り上がり、

「コンプレックスなんかなぁ。俺、高校の頃は地味ィな存在やって、カノジョどころか女の子と遊んだこともなかったんや。コミュニケーションもなかったわ。バカにされるか無視されるかや。きみや、アイカちゃんみたいな子らに」

ベッドの上で四つん這《ば》いになりながら近づいてくる。祐希は後ろにずり上がろうとするが、すぐに追いつかれてしまう。

彼は、祐希の両足の上に座り込んだ。

「だからなんかなぁ、きみらみたいな、教室で大声で笑とるような、他人の机に勝手にケツ乗せるような子らに金で言うこと聞かせるんがなぁ、楽しいてしゃあないんや」

さらに、トシは祐希に覆い被《かぶ》さろうとする。顔を引っ掻《か》いてやろうと腕を伸ばすが、手首を摑《つか》まれてベッドに押さえつけられる。抵抗も空しく、完全にベッドに押し倒されてしまう。ぎしっとベッドが音をたてた。

「やから俺は、女子高生専門のパパや」

暗い影の落ちたトシの顔が迫る。その頭の向こうに、蜂蜜色の照明がチラチラと見えた。トシは無表情だった。だが、その目は淀《よど》んだ欲望でぎらぎらとしていた。

祐希は、これから自分がどんな目に遭うのか想像し、泣き叫んだ。

「い、いや……嫌！　やめてよぉ！　お、お願いやからっ！」

「何で？」

口だけを動かして、トシは言う。

「きみに散々お金使《つこ》うたやん。食事や洋服代含めたら十万以上や。風俗やったらこれ五回は通えとるよ」

「あ、あたしは……風俗なんか、してへん！」

「はははは」

トシの乾いた笑い声が部屋に響いた。動いたのは口だけで、目はまばたき一つせずに祐希を見つめ続けている。

「せやな。処女やもんな。やから十万も払ったんやで」

赤ら顔がゆっくりと降りてくる。何をされるのか察し、祐希は戦慄《せんりつ》した。

「嫌……嫌やって！」

「何や。もしかして、キスもしたことないんか？」

「そ、そう。……やから、お願い。やめてぇ……」

景色が涙でにじんだ。恐怖の余り身体は震えている。

トシは祐希の泣き顔をじっと見ていた。

それから、泣き笑いのような表情を浮かべたかと思うと、

「そうなんや……ありがとうね」

そう言って、てらついた唇を祐希の唇に降ろそうとする。

「い……嫌や！　嫌！」

初めてのキスが、こんな本名も知らない、好きでもない男とだなんて……絶対に嫌だ。

祐希は目を強く閉じると、首を左右に激しく振って抵抗する。

だが、次の瞬間、衝撃が頬の上で弾《はじ》けた。

思わず開いた目には、宙にあるトシの手の甲が映った。

それがたった今自分を叩《たた》いたのだと、頰に残る熱い痛みが教えてくれた。

「次は、グーでいくで」

感情のこもらない声で、トシが言った。

見開いた祐希の目から、涙がとめどなく流れる。それでもトシはためらうことなく、少し突き出した唇を、動こうとしない祐希の顔に降ろした。

六

おぞましい感触は、たっぷり十秒は離れなかった。

ようやく唇が離れる。粘度の高い唾液《だえき》が、しばらくは祐希とトシの唇をつないでいた。

魂が吸い出されたみたいに、祐希の身体は動かなかった。

天井の照明は歪《ゆが》み、とろりとした気怠《けだる》い光を祐希に注いでいる。

アルコールに思考能力を奪われている。ただ、取り返しのつかない傷がたった今自分の身に刻まれたのだと――それだけはわかった。

トシは祐希の足元でシャツを脱いでいる。今から自分を貪《むさぼ》るであろう弛《たる》んだ肉体を見て、祐希は過呼吸のような症状に陥る。逃げなければいけないのに、身体は震えるばかりで言うことをきかない。身体を動かそうとするたびに、頰の痛みが警告するようにじんじんと強くなる。ただ、涙だけが流れる。

「黙れって言っとるやろが！」

トシはまた何もない空間に向かって怒っている。

それから祐希の上に来る。その左胸には、黒いキスマークのような痣《あざ》があった。

妙な痣だな、と思った——そのとき、

うふ……ふふふ

どこから——だけどはっきりと女の人の笑い声が聞こえた。

隣の部屋ではない。まさしくこの部屋の中で、その声は響いた。

「うるさいっ！」

トシはベッドの脇に置かれていたエアコンのリモコンを掴むと、部屋の隅に向かって投げつけた。リモコンは壁に当たり、ガンと音をたてて床に落ちる。

「いつまでおんねん！　消えろ、この……！」

祐希は首をひねって部屋の隅を見るが、そこには何もない。

すると、トシは突然、女のようなかん高い悲鳴をあげた。

それから、ベッドの上で尻餅《しりもち》をついて「ああ」「わあ」と喚《わめ》いたかと思うと、掛け布団をめくってその中に頭を突っ込んだ。

祐希には見えない、何かを見て……怯《おび》えているのだ。

今の内に逃げろ——本能がそう言った。

そうだ……これ以上、穢《けが》されてたまるか。

シーツに足を取られながら、ベッドからずり落ちる。床に落ちた衝撃で景色が揺らいだ。立ち上がっても真っ直ぐに走れず、壁に頭を打ちつけた。

それでも、何とか足を動かして、ソファーの鞄《かばん》を取って扉へ駆ける。ドアレバーを押すが開かない。どうして——と横を見ると、「精算機」と書かれた機械があった。焦りながら財布を取り出し、一万円札を投入する。すると、かちゃんと鍵《かぎ》が開く音がした。

部屋を飛び出し、誰もいない廊下をいく。エレベータの前で振り返るが、追いかけてくる気配はなかった。すぐにやってきたエレベータに乗り、一階へ降りてホテルを出る。

それからは、無我夢中で駅まで走った。

途中——走っているはずなのに、耳元でずっと笑い声がしていた。

それはさっき部屋で聞いた、あの女の笑い声だった。

第六章　地獄変

一

ミヤに紹介された店は、大通りから一本外れた場所にあった。

雑居ビルに挟まれた小さな店――店先にはテラス席が二つあって、観葉植物に囲まれている。行列のできる人気店、という感じではないが、ガラスの向こうには数組の客が穏やかな時間を過ごしているのが見えた。いわゆる「隠れ家カフェ」なのだろうか。

小さなスタンド看板には、緑色のチョークで〈Café bar GREEN TORCH〉と書かれている。その下に、本日のランチメニューが記されていた。

拓真はスマートフォンを見る。表示された時刻は、約束よりも三十分早かった。火曜日の午後二時半――いつもなら仕事をしている時間だ。

この店の名刺をもらった翌日の土曜日、拓真はすぐに連絡を入れた。できれば、その日にでも新たな霊能力者を家に招くつもりで。

　そのとき電話に出たのは、若そうな男だった。

『――はい、カフェバー、グリーントーチです』

　やさしげな声だった。

「あの、私、尼子と申しまして。……ええと、ミヤさんの紹介で、波瀬さんを」

『ああ、ミヤのお客さんや』

　古風な京都弁。電話口から聞こえる声はどこか嬉《うれ》しそうだった。

『尼子さん、ミヤからだいたいの話は聞いとります。電話くらはったいうことは、頼りにしてもらえるいうことですね』

「……あなたが波瀬さんですか？」

『はい。波瀬アキラいいます』

　男だ。名前だけを見ればどちらでもあり得ると思っていただけに安心する。

　いや、男であればいいというわけでもない。ちゃんと実力が伴っていなければ。

「あの、2ヶ月ほど前から、その……霊、が視えて……困っています。謝礼は十分にさせていただきますので、お力を貸していただきたく」

『ええですよ』

　あっさりとしたものだ。鳳のときも感じたが、彼らは〝霊〟というおよそ冗談でしか使わないような単語に抵抗がない。それを生業《なりわい》にしているのだから当たり前だが。

「可能なら、すぐお祓《はら》いをお願いできますか。特急料金もお支払いしますので……」

拓真はまるで仕事で業者に発注するときのような口調になってしまう。

波瀬は、それなんですけど、と前置きをして、

『すぐには難しいんです。準備をしますんで、週明けの……せやなぁ、火曜日にお店に来てもらうことはできます？ お仕事休めますか？』

今最優先すべきは霊への対処だ。仕事などいくら休んでもいい。

しかし、来週の火曜日となると三日後だ。そんなにも間が空いてしまうのは耐え難かった。ミヤの「三日で死ぬ」という言葉も気になる。

「……あの、仕事を休むのは問題ないんですが、それよりも早く——たとえば明日《あした》に早めたりはできないでしょうか？」

わがままだとは理解しつつ、拓真は訊《き》く。死に至る呪いとまで言われては、我を通さずにはいられなかった。

『それは、あきません』

口調こそ柔らかいが、譲らない意思を感じさせる物言いだった。

『準備は必要なんです。生半可なことしたら、もっとえらいことになりますから。……視えもしぃひん鳳さん呼んで、霊のこと怒らしたでしょ？』

「鳳さんのこと、知ってるんですか？」

『堪忍したってください。あの人もほんまもんですけど、如何《いかん》せん相手がね』

ほんまもん……鳳はやはり本物の霊能力者だったのか。だが、その事実は拓真をより暗澹《あんたん》たる気分に導いた。本物の霊能力者でも——存在を確認することすらできない霊なんて、どう対処すればいいと言うのか。

呪いをウィルスに喩《たと》えたミヤの言葉を借りるなら、医者に発見できないウィルスというところか。しかし、確実に、徐々に身体を蝕《むしば》んでいく。

『大丈夫ですよ』

気楽そうな声が、電話口から聞こえた。

『ミヤがちゃんと霊の状態を視とります。尼子さんに憑《つ》いとるんは、今すぐあなたのことをどうこうしよるものやないです。せやないと三日待てなんてよう言いませんから』

彼らもプロで、その言葉の一つ一つに意味がある——そう考えても、拓真の中の不安は消えてくれなかった。

「波瀬さん……あなたなら、何とかできるんですか？」

『わかりません』

何のためらいもなく、波瀬はそう言った。

『けど、やれることはやります。そのための準備期間です。待てへん言わはるんやったら、他の人に依頼してもええですけど——ミヤに頼まれた以上、尼子さんが嫌や言わはっても僕は協力するでしょうね』

嫌だと言っても？　強い表現の割に「するでしょうね」とはまるで他人事《ひとごと》だ。

『せっかくあの子が呪いに立ち向かう気になったんです。僕は意地でも、尼子さんのこと助けなあかんので』

すると、電話の向こうでカランコロンという音が聞こえた。ドアベルの音だ。

ほな火曜日に、と波瀬は電話を切った。

のんびりした口調に相応《ふさわ》しい、マイペースな人だったと思い出す。

予定時刻には少し早いが、拓真は店の扉を開けた。

電話口で聞いたベルの音が響き、店内にいた客のうち数人が反射的にこっちを向く。しかしそれは一瞬のことで、彼らはすぐに顔を戻した。

「いらっしゃいませ」

厨房《ちゅうぼう》から出てきたのは、色の薄い髪をした青年だった。

垂れた目尻《めじり》と穏やかな目の光――人の好《よ》さそうな男だった。長い髪を後ろでくくっていて、一部の前髪を下ろしている。淡いベージュ色のエプロンを身に着け、白のシャツの袖《そで》をまくっていた。背は拓真よりも頭一つ分高く、肩幅は広い。若く見えるが、妙に落ち着いた雰囲気のせいで年齢が読みにくい。

男は近づいてくる。人数を訊かれると思い、人差し指を立てようとすると、

「こんにちは。尼子さんですね」

名前を言い当てられ、挙げかけた手を途中で止めた。

「お待ちしとりました。波瀬アキラです。よろしゅうお願いします」

柔らかい声と、やや間延びした京都弁――確かに、電話の声と同じだ。

どうして自分が尼子だとわかったのか。それを尋ねる前に、奥の席に案内される。

店の中にもたくさんの植物が飾られていて、〈GREEN TORCH〉――緑の灯火という店名に恥じない様相だった。白い木のログハウス風の店内は明るい印象で、拓真は内覧のときの我が家を思い出す。小さいが綺麗《きれい》で落ち着いた店だ。

一番奥の四人席に、見知った顔が座っていた。

「……こんにちは」

ミヤだった。麻のワークキャップを被《かぶ》って、髪を後ろで束ねている。シャツは白と水色のストライプ柄だ。店のときとは違い、ボーイッシュな雰囲気だった。顔は薄暗いバーの店内にいるときよりも若々しく見えたが、代わりに笑顔はなかった。

「座って」

キャップの下から拓真を見ると、低く、そっけない声を出した。言われるがまま、対面の席に座る。まさかいるとは思っていなかったので、少なからず驚いていた。

「何か飲む？」

店にいるときと同じ質問。違うのは、その声に愛想がないことだ。

「あの、ミヤさんは、何で」

「わたしも協力するから」

テーブルの上で両腕を組んだまま、ミヤは言った。

「アキラほどの能力《ちから》はないけど、手伝いくらいはできると思うし。何より、ひょっとしたら尼子さんに感染《うつ》したのは——わたしかもしれないし」

そう言って、レモンを浮かべた淡い黄色の液体が入ったグラスを引き寄せる。レモネードだろうか。ミヤは真剣な顔でそれを飲み干すと、カウンターの向こうにいる波瀬に向かって言った。「アキラ、これおかわり。あと尼子さんにも」

「あの、ミヤさんと波瀬さんはどういう……？」

「恋人。もう二年になる」

あっけらかんとミヤは言った。隠すつもりはないらしい。長山や杉坂が聞いたらさぞショックを受けることだろうな、と拓真は思った。

すると、波瀬が二つのグラスを持ってきた。それを拓真とミヤの前に置く。

「やぁ、すんませんお待たせして。ミヤ、ちょっと詰めたって」

ミヤは無表情で横に移動し、空いたスペースに波瀬が座った。店はいいのかと思ったが、厨房の方を見ると別の若い男が食器を洗っていた。波瀬はにこにことしながら、

「まぁ飲んでください。僕が作ったレモネードなんです。あそこ、カウンターの奥に置いてある瓶がそうでして。これはソーダで割っとるんですけど。ええですよレモネードは。置いとったらインテリアにもなるし——」

「アキラ」

饒舌《じょうぜつ》にしゃべり出した波瀬を、ミヤが一声で止めた。波瀬ははははと笑い、

「あかんなぁ。僕しゃべるん好きで、いらんこと言いなんです」

「は、はぁ……」

拓真は苦笑する。ミヤは確か波瀬のことを「最高の霊能力者」と評していたが、今のところそうは見えない。

ごほん、と波瀬はわざとらしい咳払《せきばら》いをして、

「まずは自己紹介させてください。僕が波瀬アキラ。二十六です。この店のオーナーで、いわゆる霊能力者です。どうぞよろしく」

言い終えると頭を下げる。拓真も合わせてお辞儀をした。

「あ、尼子拓真です」

十四も年下であることを知り、拓真は内心驚いていた。職場の若手よりもずっとしっかりしているように見える。

「この子は――ミヤでええですね。尼子さんは二回もミヤの店に来てもろて、おおきにです。この子、家ではぶすくれてますから、お店では愛想ようしとるか心配で。この前もお店の他の娘とケンカした言うて――」

しゃべり始める波瀬を、ミヤはひと睨《にら》みで黙らせた。波瀬はまた咳払いを一つする。

「……前置きはこれくらいにして、本題に入りましょか」

そう言うと、アキラの表情が一変したように拓真には思えた。口元には相変わらず笑

みが浮かんでいるが、目が笑っていない。その目は拓真を見ているようで見ていない。何か別の――拓真の周辺の空間を見ている。

「あの、も、もしかして」

「ええ、視えますよ。店に入ってきてからずっと」

波瀬はあっさりと肯定した。

「やから、あなたが尼子さんやってすぐにわかったんです」

そう言うと、指を空中に走らせた。

「尼子さんの後ろから、派手な着物の袖と白い腕が出とります。えらい長い腕です。天井で折り返して、尼子さんの頭に手ぇ置いてる」

拓真の身体から一気に汗が噴き出した。やはり、今このときにもあれはいる。

ミヤに視線を送ると、沈痛な顔をして頷《うなず》く。……二人には視えているのだ。自分に取り憑《つ》いている、霊の姿が。

「大丈夫。敵意は感じますけど、殺意はあらしません。向こうさんも僕らにビビっとるんか、あるいは、文字通り手が出せへんのでしょう」

「敵意があるんやったら十分です。除霊してください。今すぐ……こ、ここで。準備は終わっとるんですよね？」

そのために三日間も耐えたのだ。前のめりになる拓真を、波瀬は静かな瞳《ひとみ》で見ている。

そしてにこやかに笑い、両手を前に出して「まぁまぁ」のポーズを作った。

「落ち着いてください。そないな切れっぱしを消しても問題は解決しません。というか、そもそも今の僕にはどうにもできません」

……切れっぱし？　どうにもできない、だと？

「ど――どういうことですか？」

ミヤが最高の霊能力者とまで言うから来たのだ。ここまで来て、三日も待たせといて、「どうにもできません」なんて話があってたまるものか。

「まぁ、落ち着いて。最初から説明しますから。……その前にどうぞ」

波瀬は手で拓真の前にあるレモネードをさした。言われてみれば、喉《のど》はカラカラに渇いている。飲むとしゅわっと爽《さわ》やかな味が口の中に広がった。想像していたよりもはるかにおいしく、半分ほど飲み終えたときには不思議と少し気分も落ち着いていた。

波瀬はテーブルの上で手を組み、話し始めた。

「まず尼子さん。今あなたに憑いとる霊は――本体やない。せいぜい唾《つば》つけられたようなもんです。本体はもっと遠くにいます。そこでずっと、あなたを狙《ねろ》うとる」

本体？　唾？

「あの……よく意味が」

「まぁ聞いたってください。本体が別におるなら、いくら今尼子さんに憑いとる唾を拭《ふ》き取ったところで意味がない。また新しい唾をかけられるだけです。そうでしょ？」

「唾というのは、呪いのことですか？」

確認すると、波瀬は細い眉《まゆ》を八の字に寄せた。

「うーん……いやぁ、尼子さんは呪われてない思いますよ」

えっ、と思い拓真はミヤの方を見た。ミヤも頷いていた。

「ごめん。呪われてるって言ったけど、多分違う。呪いの条件を満たしてない」

「呪いの条件……？」

「ミヤから伝えたとおり、この呪いにかかるとだいたい三日で……うん、死ぬんです。でも、尼子さんは二ヶ月も前から霊の存在を感じていて、こうして生きたはる。感染者とキスするいう感染条件も満たしてない。身体に黒い痣《あざ》もないですか？」

黒い痣についてはミヤにも訊《き》かれた気がする。

「ない……と思いますけど」

「ちょっと立ってもらえますか？」

波瀬に言われ、拓真はテーブルの横に立った。波瀬もまた立ち上がり、拓真の後ろに回る。何をするのかと思いきや、彼は拓真のシャツをめくり背中を見た。

「堪忍ですよ」

さらにパンツの内側――お尻《しり》まで覗《のぞ》き込まれる。

「わっ」

「……うん。大丈夫ですね」

拓真は慌ててシャツを下ろして波瀬の方を向いた。波瀬はにこにことしている。

「失礼しました。呪われた人にはキスマークみたいな黒い痣が出るんですけど、尼子さんにはありません。前の方は見ませんでしたが……まぁ、あればご自身か家族の方が気づいとるでしょう。呪われとる可能性はほとんどないです」

波瀬はそう言って元の位置に座った。拓真も座り直し、反論する。

「でも、視えとるんですよ。それに、匂いも声も」

「けど、後ろにおるんは視えへん——そうですね？」

ぐっと言葉に詰まる。振り返ってみるが、妖《あや》しいものは何も視えない。後ろの席で新聞を広げながら老人が舟を漕《こ》いでいるだけだ。

「僕らには今も、匂いも声もしとります。沈香の匂いですね。昔の遊女が着物や髪につけた匂いや。声も聞こえます。ずっと耳元でね」

やかましいことです、と言いながらも波瀬は笑みを絶やさない。

「で、ですが……」

「ああ、堪忍ですよ。何も尼子さんが嘘つきや言うてるんちゃいます。ただ、よくわからん点が多いのに目の前の霊を祓《はら》うんは、性急やいう話です」

「そんな……じゃあ、どうすれば」

「簡単です。本体を見つけて叩けばええ」

波瀬は場違いなほど明るい声を出した。

「尼子さんに憑いとる霊について、僕らは知ってます。名前も姿も居場所もね」

拓真は顔を上げて、波瀬の笑顔を見た。

「ほんまですか」

「はい。そいつはずっと同じ場所におる。そこから出れへん、閉じ込められとる。でも外に出たい。やから手を伸ばすんです。ミヤが広げる呪いは、外界との唯一のつながりなんですよ、おどろしにとっては」

おどろし……？

おどろしとは何だろう。尋ねる前に、波瀬は立ち上がった。

「ほな、いきましょうか」

どこに？　と拓真は目で訴える。波瀬はエプロンを外して笑いかけてくる。

「ミヤから聞きましたよ。家やと感じるんでしょ？　霊のことを」

そうだ。家だと視える。匂う。聞こえる。触れてくる。

でも、外では何も感じない。周りの男性は匂いを感じるのに。

そう言えば、勇真は祖母の家に預けてから霊のことを言わなくなった。

「鳳さんをおうちに呼びはったんは、ある意味正解やったと思いますよ」

思考が巡る。数秒後に拓真がいき着くであろう考えを、波瀬は静かに述べた。

「おうちですよ。呪われとるんは尼子さんやなくて——家そのものです」

二

……気持ち悪い。

祐希はベッドの中で身体を「く」の字に曲げながら、頭痛と胃の不快感に悶《もだ》えていた。身体が重い。起き上がることさえできない。パジャマは汗でじっとりと湿っている。殴られた頬は、まだ熱がくすぶっているような気がした。

スマートフォンを見ると、午後三時を過ぎていた。嘘だと叫びたくなる。まったく眠った気がしない。

扉をノックする音が、カーテンを閉め切った薄暗い部屋に響く。

「祐希、大丈夫なん？」

茉祐だ。朝、学校を休むと伝えてから一度もリビングへ降りていないので、心配してくれているのだろう。

「うん……」

ベッドから出ずに、声だけで応対する。どんな顔をすればいいのかわからなかった。

自分は昨日——穢《けが》されてしまったのだから。

ファーストキスだった。それを、名前も知らない男に無理やり奪われたのだ。

そのときの感触が、唇にこびりついて取れない。生温かくガサガサと荒れた唇が吸い付き、その奥から舌が侵入してきて、祐希の口の中を、歯を、舌を——

吐き気を催す。ティッシュを抜き取って口にあてる。しかし夜中に散々吐いてしまいお腹の中は空っぽで、透明な胃液を吐き出すばかりだった。

身体が熱い気がする。もしや熱まであるのだろうか。ベッドの隣の小さなタンスから、自分用の体温計を取り出す。スウェットの襟を広げ、体温計を脇に挟もうとして、

「……何、これ」

胸と鎖骨の間に、黒い痣のようなものを見つけた。

口紅の跡のような痣が、まるでマジックで描いたみたいにくっきりとついている。でも、昨日まではなかったはずだ。いつつけられたのか。まさか、これもトシだろうか。酔っ払っている間に、口で、ここに吸い付いて——

掛け布団を払いのけて、ウェットティッシュを取る。急いで二、三枚を引き抜くと、痣にあててゴシゴシと拭く。だけど消えない。痣だから当たり前だ。わかっているのにやめられない。肌は赤くなり、じんじんと痛んだ。

祐希は新しいウェットティッシュを取ると、今度は自分の唇にあてた。そうして、何度も何度もこすった。忌まわしい感触が消えるまで繰り返し、繰り返し……

だけどあの感触は脳の奥まで染み付いていて、どうしても消えない。祐希はティッシュを放った。床にはらりと落ちたティッシュには、血の痕《あと》がついている。

ズキズキと頭が痛む。吐き気が胃の底からこみ上げてくる。

剝《む》けて血の出た唇がどくどくと脈打っている。

「も……もう嫌……」

自分の声がきっかけになって、目から涙があふれた。

何の疑いもなく——初めては好きな人とするのだと思っていた。

まさか自分が、こういうことの被害者になるわけがないと。

でも違った。自分が気づかなかっただけで、最初からリスクを負っていたのだ。

こんな想いをするくらいなら——あんなお金なんていらなかったのに。

パパ活なんてやらなければ。遅すぎる後悔が、祐希の胸を突く。そして、やりきれない気持ちと共存するのは、アイカに対する燃え盛るような怒りの感情だった。どうして自分が、こんな仕打ちを受けなくてはいけないのか。フローリングの床に立てた爪がガリリと鳴り、指の先に痛みが走る。

「う……くっ、う、何、で……もう」

祐希は泣いた。膝《ひざ》を抱いて、一階にいる茉祐に聞こえないように声を殺しながら。

そうだ、と衝動的にベッドに戻ってスマートフォンを掴《つか》む。その中にある、トシとのメッセージのやり取りのデータを削除する。そんなことで何もかもがなかったことにはならないとわかっているが、残しておきたくはない。ほとんど八つ当たりに近かった。

写真データも残っている。削除ボタンをタップしようとして、思わず指が止まった。

自分で自分を撮った、スウェット姿の写真。

その背景は真っ白な壁だけだったはずなのに——

着物を着た女の人の後ろ姿が、写っていた。

「…………」

頭が真っ白になる。何が起きているのか理解できない。

思い出すのは、トシが送ってきたメッセージだ。

——〝やって、後ろにおるやん　笑　何かあるん？　着物着て〟

まさか、トシにはこれが見えていたのか。でも、今までこんなのなかった。

削除するのを止めて、祐希は別のメッセージを見返す。

アイカが送ってきた、大量の写真データだ。

部屋の一角の写真。ベッドとクローゼットの一部、それと薄桃色の小さなタンスだけが写っていた。

だけどそれも、以前に見たものとは違っていた。

タンスの隣に——同じ女の後ろ姿があった。

それも、送られてきたデータ全てに。

「嫌ぁっ！」

放り出したスマートフォンは床に跳ねて、部屋の中央に転がった。

……見えていたのだ。アイカにも、トシにも。

そして今度は、なぜか自分にも見えるようになった。

「何で……？　これ、何が」
そのときだった。
ぷんと、嗅《か》いだことのないような匂いが鼻についた。
独特な、ほのかに甘い——祖母の家で似たような匂いがしていた気がする。
うふっ……ふふふ
あの笑い声が、また、どこかから聞こえた。
部屋を見回す。だけどもちろん、祐希以外は部屋にいない。
うふ、ふふ、ふ
まただ。今度は後ろからだ。はっきりとわかった。
心臓がばくばくと鳴っている。頭痛など気にならなくなっている。
やめた方がいいと思うのに、首をゆっくりと後ろへ捻《ねじ》る。
視界に飛び込んできた光景を見て、凍り付いた。
そこにあったのは——白い壁一面に広がる、夥《おびただ》しい数の唇の跡だった。
真っ赤なキスマークの花畑——
その一つの形が歪《ゆが》み、祐希に向かって笑いかけた。
うふ、ふふ……ふ
声にならない叫びをあげて、一目散に部屋を逃げ出した。
転げ落ちるように階段を下りて、リビングに飛び込む。

「……どしたん？　祐希」

キッチンにいた茉祐が目を丸くしている。祐希は茉祐に抱き着いた。

「祐希？　体調悪かったんやないん？」

「お、お母さん！　部屋に、唇が……」

今起きたことを説明しようと顔を上げると、茉祐の口が目についた。

どういうわけか祐希は――その唇に魅了された。

キスしたいと思ってしまった。

自分の母親を相手に。衝動的に。

そしてその衝動を、どうしても抑え込むことができなかった。

気づいたときには、祐希は茉祐にキスをしていた。

「な――何してんの、あんた」

茉祐は驚愕《きょうがく》に目を見開いている。祐希の顔からサッと血の気が引いた。

「あ……」

唇を押さえる。何でこんなことをしたのかわからない。だが、とんでもないことをしたのはわかった。震える唇には、たった今重ねた母の唇の感触が残っている。

「ご……ごめん」

よろよろと後ろに下がる。背中が壁にあたり、そのままずり下がって床にへたり込む。

頭の中がぐちゃぐちゃだ。女の人が見えて、変な匂いがして、笑い声が聞こえて。

壁一面にキスマークが見えたかと思うと、実の母にキスをしていた。

「祐希……？　どしたんよ？　顔青いで」

「……お母さん、お願い。口ゆすいできて」

「え？」母は笑った。「ええよそこまで。娘にちゅーされたくらいで――」

「ええから早よ洗《あろ》てきて！　歯も磨いて！」

へたり込んだまま、祐希は叫んだ。

「な、何よ……怖い顔して」

「ええから！」

祐希はまた叫ぶ。自分でも何を言っているのかわからない。

とにかく、何か穢《きたな》いものを母に感染《うつ》してしまったという直感があった。

「はいはい、歯ぁ磨いたらええのね。あんたも起きれたんなら何か胃に入れなさいよ」

祐希の横を通り過ぎて、茉祐は洗面所に向かった。祐希はまだ立てない。

茉祐のスリッパの音が廊下へと遠ざかり、洗面所の扉が開けられる音がした。

そして、またあの声がした。

うふ……ふ、ふ、ふひ……

（も……もう、嫌）

声は、リビングの奥の――テレビの裏から聞こえた。

そこから、何か白いものが出てきている。

腕だ。大きな、だけどひどく痩《や》せた腕。

長い指が、昆虫の足のようにわさわさと動いて、テレビの裏から這《は》い出てきている。

腕は壁をがりがりと鳴らしながら、ゆっくりと伸びていく。とんでもなく長い腕だ。

祐希は息を呑《の》んだ。

うひ……ふ、ひ、ふひひ……

押し殺すような笑い声が聞こえる。テレビの後ろの壁に黒いシミが広がった。と、それは長くうねる髪の毛だった。さらに数本の腕が現れ、別々の方向へと伸びていく。

針金が軋《きし》むような、不快な音がし始めた。

——嘘だ、と頭の中で絶叫する。あんなに長い腕があるわけない。

だけど確かにこの目で見ている。床についた手の感触も、カラカラの喉《のど》の感覚も、この光景が夢じゃないと教えてくれている。

腕は軋むような音をたてながら、天井に到達する。

なぜか祐希には、あの腕が写真に写っていた女の人のものだとわかった。

女の人——そうだ、父が確か、そんなことを言っていたのを思い出す。

女の人の声。変な匂い。……そうか、全部本当だったんだ。

父は、このことを言っていたんだ。

そのとき、洗面所から茉祐の悲鳴が聞こえた。

三

波瀬が店の前に停めたのは、白のセダンだった。店は共同で経営している友達に任せたという。拓真は後部座席に座り、ミヤは助手席に座った。運転席に乗り込んだ波瀬は拓真に家の住所を聞くと、慣れた様子で車を発進させた。

走っている途中、波瀬はクーラーがきつくないか、ラジオがうるさくないかなど、細かく拓真のことを気遣った。これから旅行にでもいくかのようなリラックス具合だ。とても除霊を控えた霊能力者には見えない。

「あの……大丈夫なんですか？」

拓真が訊《き》くと、波瀬はバックミラー越しに笑顔をよこした。

「うん？　体調はええですよ」

少しずれた答えに、拓真は気抜けしてシートにもたれかかる。

すると、ミヤが助手席から横顔を見せた。

「準備はほぼ済んでる。本番はどこまで平常心を保てるかなの。何でもそうでしょ？」

「す……すみません。……あの、準備って、何をされたんですか？」

「まぁ、道具の手入れですよ。あとは気持ちの整理」

車が信号で停まる。波瀬はドリンクホルダーに入っていたミネラルウォーターのペットボトルを開けて飲んだ。

「そんなこと、と思われるかもしれませんけど、心の持ちようが大事なんです。平常心いうんはそういうこと。ベテランの霊能力者でも、気持ちが乱れとったらしょうもない霊に取り殺されたりしますんで。今回みたいなえらい霊やったらなおさらです」

「そんなに……ヤバい相手なんですか？」

「過去最強や思います。僕にとってはね」

　変わらない口調で波瀬は言った。拓真は一気に不安が増す。

「と言うんも、ミヤを呪った相手なんで。僕としては私怨《しえん》があるわけです。そしたら力むかもしれん、必要以上に苦しませようと遊ぶかもしれん。そういう危険があるから、僕にとっては過去最強なんです」

　まるで他人事《ひとごと》のように言っているが、つまり彼はこの霊の退治に適材ではないということではないか。

「そうならへんように、気持ちの整理はしてきましたから」

　さらりと言う。

「……まぁ、僕やなくても難儀な相手や思いますよ。実際、あれの呪いから逃れた人は、僕らの知る限りはおりませんし」

　最後の一言に、拓真はさらに暗澹《あんたん》たる気持ちになる。どうやら、とんでもなく厄介な存在に狙われてしまったようだ。いっそ遠くへ逃げ出したくなるが、家族のためにもそうはいかない。まずは、相手をもっと知らなければ。

車が動き出す。

「……もう一つ、聞いてもいいですか？」

何でもどうぞ、と波瀬は笑う。

「そのえらい霊――私の家とミヤさんを呪ってる霊ってのは……何なんですか？」

「ああ……おどろしですよ」

さっきもチラッと聞いた単語だ。

「尼子さんは、おとろしいう妖怪《ようかい》は知ってはりますか？」

おとろし？……おどろしではなく？

「おとろしは、おどろしの情報が不足して伝わった形なんです。やから、名前とパッと見の姿だけが伝わって、民間伝承もろくに残ってない」

言い終えると、波瀬はそっとミヤの肩に手をやった。見ると、シートからはみ出ているミヤの二の腕がわずかに震えていた。顔も、心なしか血の気が失《う》せている。

「だ……大丈夫ですか？」

大丈夫、とミヤは平淡な声で言った。波瀬のミネラルウォーターを飲み、背もたれに身を預けている。その右手は何度も波瀬の方へ伸びるが、触れる寸前で止まり、落ち着きなく動くだけだ。自分に遠慮しているのだろう、と拓真は感じた。

だから、波瀬がその手に気づき、彼から握りにいったときには安心した。

「堪忍したってくださいね尼子さん。この子は小さい頃に――おどろしに遭《お》うてるんです。そのときのことはミヤにとってトラウマになっとる。姉二人を殺されて、呪いもかけられた。おどろしの呪いを広げる呪いです」

「呪いを……広げる呪い、ですか？」

波瀬はミヤの手を握ったまま、説明してくれた。

「この子の故郷は長崎にあったんです。もう過疎でのうなってしもたけど。年賀の賀に楽しみが来ると書いて〈賀来楽《かくらく》〉と読みました。けどこれは行政に変えられたもんで、元々は廓《くるわ》に落ちると書いて〈廓落《かくらく》〉と書いたんです」

「廓って……遊郭のあれですか？」

〝くるわ〟という音では、それしか浮かばない。

「ですね。さらに昔は廓集落言われてて、それが短《みじか》なって廓落になったそうです。その名のとおり、遊郭が集まった山間《やまあい》の集落でした。その集落の奥に、禁足地にされとった森があったんです。注連縄《しめなわ》で周囲をぐるっと囲まれた森がね」

禁足地とは耳慣れない言葉だ。今の日本にもそんな場所はあるのだろうか。

「おどろしは今も、その森にいます」

波瀬は、そう断言した。

「ミヤは、姉二人に無理やりその森に連れていかれたんです。注連縄の内側に入って、そこでおどろしが現れた。姉たちは殺されて、ミヤだけが生き残った」

ミヤはうつむいたまま黙っている。拓真の場所からその表情は見えないが、恐ろしい記憶のフラッシュバックに耐えている様子なのがひしひしと伝わってきた。

「おどろしがミヤだけを生かして帰した理由はようわかりません。考えられるんは、ミヤを、呪いを広めるために利用したいうことです。花粉を運ぶ蜜蜂《みつばち》みたいにね。おどろしは注連縄の外には出られへん。外の人間を襲うには、その人間に呪いをかけなあかん。そこから逆算して考えれば——未だ本気で襲われてない尼子さんは呪われてないと言えるわけです」

バックミラー越しに、波瀬は拓真に笑いかける。

「でも、実際に視えるのは……」

「ええ。やから、何らかの形でおどろしの影響は受けたはるでしょう。息子さんも同様です。ほなら、一番怪しいのは家や。何せ、家ん中では視えて外では感じへんいうんやからね。呪われとるんが家で、尼子さん自身には何もないなら筋は通ります」

ふと気づくと、窓の外の景色に見覚えがあった。我が家が近い。夢中で話を聞いていたら、いつの間にかこんなところまで来ていたらしい。

「ほな何で奥さんや娘さんには視えてへんかいうたら——おどろしの特殊なんは、干渉できる存在を選んどるところです。制約をつけることで、呪いの力を高めとるんでしょう。なかなか利口なやつですよ。僕ら霊能力者も、身体をあえて縛ったり、五感のうちの一つを閉じることで能力を高めたりします。同じことです」

波瀬の口調は、心底感心しているようだった。

「つまりあいつは、男には視えて女には視えへん。呪われてなくても男には感じられますけど、今の尼子さんと同じで、嫌がらせ程度が精一杯ということです」

十分脅威だと思うが、たった三日で殺されてしまうよりはずっとマシだ。

車は拓真たちの住む町に入った。やがて我が家が見えてくる。幸せの象徴であるはずの新居が、今ではお化け屋敷のように思えるのが悔しかった。一刻も早く家にかけられたおどろしの呪いとやらを何とかして、平穏な日々を取り戻したい。

波瀬は家の前の道路の端に停車させると、にこにことした笑顔を拓真に向けた。

「問題はね、尼子さん。呪われてないとおどろしが手を出せへんように――こっちもおどろしに手が出せへんことなんです」

「それは、どういう……」

「鳳さんがそうやったでしょ。あの人は女性やから、おどろしを感じられなかった。でも、おどろしも彼女に襲い掛かろうとはしなかったはずです。理由は、呪われとる人間以外を襲うことはできへんから」

拓真は情報を整理する。……つまり、おどろしは人間に対して「攻撃できない代わりに攻撃されない」という戦術を取っているということか。

だから、波瀬は切れっぱしですら「どうにもできない」と言ったのか。

「……どうするんですか？」

「決まっとります。僕も呪われるんですよ」

どうやって、と拓真が訊《き》く前に——

波瀬は、ミヤと唇を重ねていた。

うつむいていたミヤの顎《あご》を指で持ち上げ、静かにキスをしたのだ。

ミヤは無抵抗だった。ものの数秒で、波瀬は離れる。やさしい瞳《ひとみ》がミヤを見つめている。拓真から見えるその横顔は、何かを悟ったような清らかなものだった。

「アキラ……」

ミヤの目から一筋の涙がこぼれた。それがどんな感情からくる涙なのか、二人をよく知らない拓真には定かではない。だが、驚きや悲しみの涙ではないことはわかった。

ふと思い出す——二人は付き合っているとミヤは言っていた。なのに波瀬が呪われていなかったということは、二人はキスをしたことがなかったのだ。

そして、これからもずっとできないはずだった。

ミヤは付き合って二年になると言っていた。二年——今どき高校生ですら、交際一ヶ月程度でキスくらい済ましてしまうのではないか。若い二人がそれほど長い期間、口づけという愛情表現すらできなかった辛《つら》さを、拓真はわかるつもりだった。

波瀬はミヤの頭を撫《な》でると、拓真に笑いかける。

「すみません。尼子さんの前で」

「……いえ」

むしろ、拓真は自分がこの場にいることを詫《わ》びたかった。

それほど、二人の間の空気は神聖に感じられた。

「おかげさんで、おどろしの気配がようわかります。あれは確実にお宅にいます。家全体から——」

と、波瀬が言いかけたとき。

家の中から聞こえてきた悲鳴を、拓真は聞き逃さなかった。

四

祐希が洗面所まで走ると、茉祐が腰を抜かして尻餅《しりもち》をついていた。大きく目を見開いている。駆け寄ると、茉祐は口をパクパクと動かした。

「い、今——か、鏡に、お、女の人が」

そう言いながら、震える指で洗面台の鏡をさしている。

「お母さん？　しっかりして！」

祐希は鏡を見た。奇妙なものはない。映っているのは、洗面所の出入口の扉とラックの一部だけだ。

だが、祐希もまた、何かがいる気配を感じていた。

巨大な存在感のある何かが……自分たちを見つめている気配を。

うふふふ、ふふ……ふふふふふふ

女の笑い声が洗面所に響く。

「ゆ、祐希」

茉祐が祐希を抱き締める。

「お母さん！　この声、聞こえるんっ？」

「だ……大丈夫。祐希、大丈夫やから」

そう言う母の声は、しかし怯《おび》え切っている。

間違いない。母にも見えているし聞こえている。

でも、どうして？　これまでそんな素振りはなかったのに。

うふ、ふ、ふふふ……ふふ

何かがこの家で起きている。でも、どうしたらいいのかわからない。

そのとき、茉祐がまた短い悲鳴をあげた。

「あ、あれ……」

茉祐は祐希を胸に抱いたまま、瘧《おこり》のように震え始めた。母の腕の隙間から見えた鏡の中では――写真と同じ着物姿の女が、今度は祐希たちを向いて立っていた。

だが、顔は見えない。顔の部分が、何か黒いもので覆われている。

それは髪の毛のようだった。簪《かんざし》をつけて結い上げた髪とは別に、顔の表面から髪が生えていて、その表情を隠している。顔面の毛髪は、まるで海中の藻のようにゆらゆらと風もないのに動いている。すると、女の顔の下部分が一瞬だけ見えた。紅《あか》い口紅をさしていて、弓なりの笑みを作っている。わずかに見えたその口の中は、どういうわけか真っ黒だった。

　うふふふひひひひひひ

鏡の中で、女は祐希たちを嘲笑《あざわら》っている。

　すると、ぽつ、と鏡に一つのキスマークが浮き上がった。

　さらにもう一つ。また一つ。

　茉祐の荒い息遣いと、早い鼓動の音が聞こえる。

　祐希はまばたきも忘れて鏡に見入る。

　ぽっ、ぽっ、ぽっ、ぽっ、ぽぽぽぽぽ……

　まるで発疹《はっしん》のように、大量の赤いキスマークが鏡を埋め尽くしていく。

　その一つ一つが意思を持っているかのごとく、大口を開けてげらげらと笑い出す。たちまち、大勢の女の声が家中に満ちた。頭が割れそうになり、祐希は耳を塞《ふさ》ぐ。

　鏡を埋《う》め尽くしているのはすでにキスマークではなかった。

　歯を持ち舌を垂らす人間の口そのものが、無数に鏡に貼り付いているのだ。

「祐希、こっち！」

茉祐が祐希の手を引いて、洗面所を出る。

だが、廊下の光景を見て、二人は固まった。

玄関へと続く廊下は、壁から突き出した何本もの痩《や》せた腕によって阻まれていた。青白く、長く……爪はハッとするほど赤い。それが出来の悪い悪夢のように、にょきにょきと壁から生えているのだ。

「な……何なん、これ……」

数秒の間呆然《ぼうぜん》とした茉祐だったが、すぐに自分を取り戻したようだった。彼女は祐希の手を握り直すと、踵《きびす》を返した。

「おいで！」

言われるがまま、祐希は母に手を引かれ、玄関と逆方向のリビングに向かう。

リビングの扉を開けて、二人の足は止まった。

「何……あれ……」

床から生えた数多《あまた》の腕が、窓を塞いでいた。

逃がさない——そう言われているのだ。

つないでいる茉祐の手が震えている。あるいは、自分が震えているのか。

がり、がり……。背後から音がした。振り返ると、洗面所から壁伝いにうねうねと伸びた腕が、壁に爪をたてている音だった。

ハッとして、祐希はリビングの出入口の横の壁を見る。そこは、拓真が女の幽霊につけられた傷があると主張していた場所だった。そしてそのとおり、五本の深い線が刻まれていた。今までは見えなかったのに。

何が起きているのか、まるで理解できない。

しかし、考えている暇はなかった。廊下を振り返ると、数多の手が、指を蜘蛛《くも》の足のように動かして、じりじりと近づいてきている。

リビングでは、テレビや棚の裏から何本もの腕がずるずると這《は》い出ている。

「あ——あっち！　上！」

茉祐が叫び、祐希の手を引く。

階段を上りながら、二階の様子を確かめる。腕は見えない。よし——と思った瞬間。

天井から何十本もの腕が、茉祐の身体を搦《から》め捕っていった。

浮き上がる母の足を摑《つか》むことはできなかった。祐希は両手を上げたまま、絹を裂くような叫び声をあげる。

「お母さんっ！」

茉祐は天井近くで、蜘蛛の巣に絡まった蝶《ちょう》のように手足を激しく動かしている。

だが、白い腕の束はますます母をがんじがらめにしていく。

きゃはははは

「祐希、逃げてぇ！」

茉祐は半狂乱になって叫んでいる。

その頭上——天井にはびっしりと、口紅が塗られた唇が現われていた。げらげらと、祐希たち親子に嗤笑《ししょう》の雨を降らせている。

その音に紛れて、母がまた何かを叫んでいる。だが、祐希の耳には届かない。怪物の笑い声も遠のいていく。

ふっと天井が遠くなったかと思うと、力が抜け、床に自分がへたり込んだだけだった。

うふふふ……

声が横からした。

見ると、リビングの出入口に、極彩色の着物を着た女が立っている。

今度は、顔がはっきりと見えた。

白粉《おしろい》の塗られた顔。濃い眉《まゆ》の下に、血走った二つの目がこっちを見ている。微笑みをたたえた口の中は黒く、唇は毒々しい紅色に染まっている。

遊女だ。本で見たことのある、遊郭にいる女の人だ。

うふふふ……

遊女は足を動かさず、床を滑るようにすーっと近づいてくる。

逃げ出したいのに、身体はまるで自分のものではないみたいに言うことをきかない。

ただ思考だけは目まぐるしく回転している。

遊女。遊郭にいる人。

身体を売る女の人。

——そうか、と祐希は妙に納得する。

これは、自分への罰なんだ。

パパ活なんてやったから、汚いあたしに罰が下ったんだ。

穢《けが》れたあたしに。

女が近づいてくる。ずっと赤い目と視線が合っている。

死にたくない。

祐希は、助けを求めて心の中で絶叫した。

助けて、誰か。

助けて。助けて。助けて助けて助けて助けて。

助けて——お父さん。

「あ……あ、あああああああ」

やっと悲鳴が出た。

と同時に、血走った目がすぐそこに迫ってきた。

五

拓真は車から飛び出すと、家の玄関に走った。

ドアの取っ手を握るが鍵《かぎ》がかかっている。ポケットから鍵を取り出して開錠するが、それでも開かない。力任せに引っ張ってもダメだった。

「開かへんよう細工しとるみたいですね」

いつの間にか後ろにいた波瀬が、拓真の肩越しに扉を見ていた。

誰が、とは訊くまでもなかった。おどろしだ。

何か、超常的な力が、自分たちを拒んでいる。

「今の声はご家族ですか？」

「多分……娘です」

だが、祐希も茉祐もおどろしを感知できないはずだ。それなら、おどろしも手が出せない……そういう話だったはずなのに、なぜだ。

とにかく、早く中に入らなければ。

「裏に回って……ガラスを破りましょう」

走り出そうとした拓真の肩に手を置き、波瀬は制止した。

「いや、正面からいきましょ。こいつらはね、譲ったらあかんのです。僕も手伝います」

そう言うと、波瀬は取っ手を軽く握り、口の中で何かを唱えた。

「どうぞ」

そしてすぐに離れる。促されるまま、拓真が再び握ると、妙に温かい。波瀬の手の温《ぬく》もりではなく、まるでドアの取っ手そのものが発熱しているかのようだ。

力を込めて引くと、少し扉が開いた。さっきはびくともしなかったのに。

拓真はそのわずかな隙間を覗き込む。

そして、ひ、と短い悲鳴をあげた。

扉の内側では、何本もの青白い手が束となって蠢《うごめ》いていた。

思わず拓真は手を離し、扉はガチャンと大きな音をたてて閉まった。

「どないしました？」

「手……手です！　手が何本も、内側から」

「抵抗しとるわけですね。――尼子さん、力比べといきましょか」

拓真は耳を疑った。波瀬はここにきても薄すらと笑みを浮かべている。

「でも、あんなようけあったら」

「尼子さん。筋肉の勝負やないんですよ。相手は霊なんですから、言うたら思念の塊です。やからこれは――思いの力比べなんです」

思いの……力比べ。

「どうすれば……」

「強く思うてください。ご家族を助けたい。この扉を開けたいって。その思いは、僕よりも尼子さんの方が強いに決まってます」

「そんなことって……」

「やってください。尼子さんは呪われてないから、おどろしの抵抗も弱まるはずです。もう一度さっきくらい開けてもらえたら、僕があの腕を消します」

もしも何でもないときに今の言葉を聞いたなら、うさん臭いと一蹴《いっしゅう》したことだろう。

だが、今は信じるしかなかった。深呼吸し、手に思いを込める。

やり方が正しいかはわからないが、要は気持ちの問題なのだと開き直る。

助けたい。茉祐を。祐希を。——絶対に。

息を止めてぐっと取っ手を引く。すると、一度目よりも手応《てごた》えがあった。さらに腕に力を込めようとして、波瀬が「尼子さん、思いの力です」と声を出す。

そうだ、腕に力を込めるのではなく、強く思う——

拓真は家族の顔を思い浮かべた。

たったそれだけで、扉はまた少し開いてくる。かちゃ、と音が鳴り、隙間ができて中の様子が見える。

やはり、青白い腕が硬そうな骨を浮かべて扉を開かせまいとしている。

それを見て、拓真の中で恐怖よりも怒りが勝った。

ふざけるな。ここは自分の家で、自分の家族が住むところだ。

お前みたいな化け物が、棲《す》みついていいわけがない。

奥歯を噛《か》みしめる。怒りの力が加わったせいか、扉が少し軽くなった。じわじわと隙間が広がっていく。最初は圧倒的な力の差を感じたのに、今は勝てる気すらしている。

「離せ、化け物……！」

口に出してみると、さらに自身の力が強くなった気がした。

うううう、と濁った声が聞こえる。おどろしの呻《うめ》き声だ。

しゃらんっと澄んだ金属音がした。見ると、波瀬が銀色の短い剣を握っていた。刃渡り三十センチほどの短刀だ。柄頭《つかがしら》の部分が輪になり、その輪にさらに六つの小さな輪が通っている。

錫杖《しゃくじょう》だ。錫杖の先が、刀の柄についている。

その切っ先を扉に向け、波瀬がまた呪文のような言葉をつぶやく。

おどろしの手首が、音もなく断たれた。

ぐうううううううううう
苦悶《くもん》の声が響いたかと思うと、ふっと扉を引っ張る力が消えた。拓真は外側に引いていた勢いのまま後ろへ倒れかけたが、波瀬が受け止めてくれた。

「お見事です」

大の男一人を胸で受け止めたというのに、波瀬はまったく動じていなかった。まるで大樹にぶつかったかのようだ。

「今のは……」

「説明は後で。ここからは僕に任せてもろて、尼子さんは車に——」

そのとき、家の中から「どん」という音がした。

先に駆け出したのは拓真だった。波瀬が何を言おうとしたのか予想はついたが、不吉な音を聞いて、身体が勝手に動いていた。

扉を全開にし、靴のまま廊下を走り抜ける。リビングの扉を開ける。

階段のそばに、茉祐が倒れていた。

「茉祐！」

叫び、拓真は駆け寄った。茉祐はうつ伏せで倒れている。額から出血し、彼女の顔は血まみれになっていた。無《む》垢《く》材《ざい》の床に、赤い液体が溜《た》まっていく。

「血、血が」

拓真は咄嗟《とっさ》にハンカチを取り出すと、茉祐の頭にあてがった。

「茉祐、茉祐！　大丈夫かっ？」

茉祐は薄く目を開けた。

「拓真……」

蚊の鳴くような声だ。

「きゅ、救急車呼んだるからな！」

スマートフォンを取り出した拓真の手を、茉祐は弱々しく握った。

「女の人が……いて。ごめん……信じて、あげんで……」

すると茉祐は拓真の背後を見て、大きく目を張った。つられて拓真は振り返る。

廊下の真ん中に、黒い人形が立っている。いや、違う。

あれは波瀬だ。波瀬が、黒い髪にがんじがらめにされている。

「は——波瀬さんっ！」

反応はない。拓真はミヤを捜すがいない。玄関扉は閉まっている。入りそびれたのか。

ずるずると音をたてて、髪は波瀬を締め上げている。

きらりと、波瀬の右手が光った。あの銀の刀だ。

髪がまとわりついたままの波瀬の右腕が上がる。そして、手首だけで刀を振った。

すると、しゃん、という音と共に彼の身体を縛っていた髪の毛が一斉に切れる。

切れた髪の毛は、空気に溶けるようにして消えてしまった。

拓真には何が起こったのか理解できなかった。

波瀬は何事もなかったかのように、悠然と拓真たちの許《もと》まで来た。

「波瀬さん……？」

「土足で堪忍です。尼子さん、そのまま止血お願いします」

それだけ言うと、波瀬はスマートフォンを出してさっと救急車を要請した。電話を終えるとしゃがみ込み、茉祐に対して柔和に笑いかける。

「波瀬アキラといいます。いわゆる霊能力者です。娘さんはどちらに？」

だが、茉祐が答える前に、甲高い悲鳴が二階から降ってきた。

波瀬は階段に向かって走り出した。しかし、その途中で足を止める。

庭の窓を叩《たた》く音がした。窓の向こうには、ミヤがいる。

しや——と、波瀬のつぶやく声が拓真には聞こえた。

波瀬は鍵《かぎ》を下ろして窓を開け、庭に立っていたミヤに声をかける。

「いけるんか？」

ミヤは力強く頷《うなず》いた。それを見て波瀬も頷き返すと、再び階段に向かって走り出した。

波瀬はしゃんしゃんと刀を鳴らしながら階段を駆け上がりながら、一階に向かって叫んだ。

「尼子さんら頼む！」ミヤが返事をする間もなく、二階に姿を消す。

ミヤがリビングに入ったところで、茉祐が再び口を開いた。

「拓真……」

ハンカチで額を押さえられながら、か細い声を漏らす。

「たくさんの手が……手に、持ち上げられて、でも、消えて……下に落ちたの」

手とは、おどろしの腕のことだろう。

「しゃべらない方がいい」

ミヤがそう言ったが、茉祐の耳には届いていないようだった。

ハンカチを押さえる自分の手が震えていることに、拓真は気づく。家の中の雰囲気は明らかにいつもと違っていた。何だか薄暗いうえに、空気は重く、淀《よど》んでいる。数え切れないほどの人間に囲まれているかのような、奇妙な圧迫感があった。

「……て」

茉祐の唇が動いている。拓真は恐怖を振り払うように頭を横に振った。しっかりしろ。茉祐は自分よりもずっと怖い思いをしたはずだ。

「……ス、して」

また茉祐が何かを言った。拓真は顔を近づける。

「た——拓真。キキ……キスして」

「……え？」

聞き間違いかと思った。だが、茉祐は唇を突き出し、首を起こそうとしている。

「しちゃダメ」ぴしゃりとミヤが言い、拓真の肩を摑《つか》んだ。

「奥さんはもう——おどろしに呪われてる」

拓真は、頭を殴りつけられた気分だった。

「今はあなたに呪いを感染《うつ》そうとしてる。奥さんを操ってね」

「そ……そんな」

「気休めにしかならないけど」

ミヤはショートパンツのポケットから、白い人形の紙切れを出した。それを茉祐の胸に押し付ける。

「それは」と拓真。

「呪いを吸い取る」

端的に説明すると、ミヤは何か呪文《じゅもん》のようなものを唱え始めた。すると、茉祐の胸にある人形の紙がじわっと紅色に染まる。まるで血に浸《つ》けられたようだ。みるみるうちに紙は全身を紅《あか》く染めた。すかさずミヤは新しい紙を重ねる。だが、それもまた一枚目と同じくらいの速さで染め上がってしまう。

「くそっ……」

ミヤの表情が、焦りと憎悪が入り混じった形に歪《ゆが》んだ。

「……ゆ、ゆう、き……」

茉祐がまたつぶやく。

「祐希……どこ……拓真、あたしはいい、から、祐希を、助けて」

それは、茉祐自身の言葉だった。

白いハンカチが血で赤く染まっていく。その下を涙が目尻《めじり》を伝って落ちた。

「……わかった」

拓真は立ち上がると、波瀬の後を追って階段を上った。

「ちょっと！　待って！」

一階からミヤが呼びかけるが、拓真は止まらない。二階に上がると、廊下は不可解なほどに薄暗い。目を凝らすと廊下の先——祐希の部屋の前に波瀬の影が見えた。拓真が駆けつけると、波瀬はほとんど怒鳴るような声を出した。

「下におってください！」

「きゃああああああああ」

だが、その声も祐希の部屋から聞こえてくる悲鳴にかき消されてしまう。我が娘のものとは思えない絶叫だ。

波瀬は部屋の扉と拓真を交互に見て——素早く考えを切り替えたようだった。

「……ここも内側から閉められてます。尼子さん、さっきみたいに扉を」

「あぁあぁああ」

女の悲鳴が、びりびりと扉越しに届く。

しかし、拓真は動かなかった。息を切らして、扉の表面を見つめる。

違う、とつぶやいた。

「これは……祐希の声やないです」

その途端、部屋の悲鳴がぴたりと止んだ。

数秒の静寂があり、やがて再び聞こえてきたのは——あの笑い声だった。

うふふ……

「——狙いはあっちかっ！」

波瀬は身を翻して、階段の方へ走った。やや遅れて、拓真もそれに続く。

波瀬の言葉に気づく。自分たちは、まんまとおどろしに誘導されたのだ。

やつの狙いは、最初から——

二階の手すりから一階を見下ろすと、ミヤと茉祐が大量の毛髪に囲まれていた。

黒い毛の波が、ミヤたちを中心にして渦を巻いている。

濁流と化した髪の隙間から、ところどころに大きな女の顔が見える。

それらの顔は虚《うつ》ろな表情や薄ら笑いを浮かべていた。

うひひ、ひひひひひ……！

ミヤと茉祐の周囲には、さっきの白い人形の紙が散らばっている。それらが紅く変色し、ぼろぼろに崩れていく。

「茉祐！」

拓真は叫ぶ。気づくと、一階部分のほとんどが髪の荒波に飲まれている。

すると、低く重い声が横から発された。

波瀬だ。刀を挟んで手を合わせ、彼のものとは思えない重厚な声で何かを唱えている。

手に持った刀が、ところどころでしゃん、と鳴った。

きぃやあああああああ

拓真にとっては意味不明の音の羅列だが、おどろしには有効らしい。大量の髪の毛は、ミヤたちを解放すると大蛇のようにのたうち回り、廊下へと消えた。

やった――と思った矢先。

「アキラ、後ろ！」

ミヤが叫んだ瞬間。

波瀬と拓真の背後へと、大量の腕が猛烈な勢いで伸びてきた。波瀬が拓真を蹴り飛ばし、その隙に腕の束は彼に掴みかかった。

青白い肌。赤い爪。骨が浮かび上がった、亡者のような腕。

おどろしの腕だ。それは二階の廊下の奥――祐希の部屋の扉から伸びている。

尻餅をついたまま、拓真は叫ぶ。

「波瀬さん！」

「ぐ、ああ……」

波瀬は苦痛の声を漏らした。足や腕、腰と、大小様々な腕が波瀬の全身を摑んでいる。腕はますます増え、ひときわ大きな両腕が現れたかと思うと、手を合わせるようにして波瀬の頭を覆った。

「は、波瀬さ……」

カチャン、と波瀬の手から刀が落ちる。

「あ、まこ、さん」

顔を覆うおどろしの指の隙間から、波瀬は拓真を見た。驚くことに、そんな状況でも――彼は微笑んでいた。

小刻みに震えているのは、おどろしの力に必死に抵抗しているからだろうか。

「よ……し、やを」

「アキラ！」

ミヤが階段を駆け上がってくる。そして波瀬の足下にある刀を拾い上げると、そのままおどろしの腕へと切っ先を向ける。

だが遅かった。切っ先は空を突き、大量の腕は波瀬を捕らえたまま、ものすごい速度で後退していく。

突っ込んだ勢いのままミヤは床に倒れ込む。その手から刀が零《こぼ》れ落ちて耳障りな金属音が響いた。

「アキラぁ！」

しかしすぐに起き上がり、髪を振り乱して腕を追う。だが、扉に辿《たど》り着くと同時に、波瀬の身体は祐希の部屋に引き込まれていった。

ふっと家の空気が軽くなった。おどろしの気配が消えたのだ。

明るさを取り戻した廊下には、扉にすがりつくミヤのすすり泣く声だけが木《こ》霊《だま》していた。

第七章　禁足地

一

おどろしの気配が消えると同時に、祐希の部屋の扉はあっけなく開いた。中には二人の姿はなく、なぜか血の付いたティッシュが何枚も散らばっているだけだった。

その後のことは、よく憶《おぼ》えていない。波瀬が呼んでいた救急車が来て、茉祐が運び出された。車内で色々と救急隊員に質問されたが、頭が真っ白になっていて、まともに答えられなかった。

神戸にある古い総合病院に着いてから、すでに三時間近く経っている。

夕暮れの橙色《だいだいいろ》に染まる個室――そのベッドの脇で、拓真は力なく座っていた。

白いベッドの上では、茉祐が安らかに寝息をたてている。頭には何重にも包帯が巻かれていた。出血は多かったが、レントゲンやCT検査の結果、脳に異常はなかった。大事を取って今晩は入院することになったが、明日《あした》には退院できるらしい。

だが——胸の内には暗雲が垂れ込めたままだった。

祐希は消えた。

おどろしに攫《さら》われてしまった。

波瀬もいなくなった。どこにいるのかはわからない。……生きているのかさえも。

茉祐の寝顔を眺めながら、拓真は自身の魂がぼろぼろと崩れていく音を聞いた。膝《ひざ》の上で組んだ手が、自然と震える。

もう二度と、祐希とは会えないのだろうか。後悔の念が頭の中で渦巻く。

……娘のことを見失ったのは、いつからか。邪険にされ、干渉しなくなったのは。

もっと父親として努力すべきだったと、今更ながら思う自分が情けなかった。瞼《まぶた》の裏に浮かぶのは、まだ小さい頃の祐希の満面の笑みだ。

あの笑顔をもう一度見たいと、強く思う。

「ゆ……う、き」

うわ言は茉祐のものだ。彼女の首筋には、黒いキスマークの痣《あざ》が浮かんでいる。

茉祐は——おどろしに呪われてしまった。

呪いを感染《うつ》したのは、十中八九、祐希だ。意識を取り戻したとき、茉祐に何があったのか訊《き》くと、彼女はいきなり祐希にキスされたと話した。

恐らく祐希は呪われていて、おどろしの意思に従い、茉祐に呪いを感染《うつ》したのだ。

ならば……祐希に呪いを感染《うつ》したのは誰だろう。カレシでもいたのだろうか。娘が自分の知らぬところでキスをしていたことだけでもショックなのに、呪いを感染《うつ》されたとあればやりきれない。その男は今どうなっているのだろう。祐希に呪いの期限がやってきたということなら、高い確率でそいつもやられているはずだ。

背後でスライド扉が開いた。入ってきたのはミヤだった。しばらく姿が見えなかったが、どこかで泣いていたらしい。その目は真っ赤に充血していて、拓真と同じく、たった数時間でずいぶんやつれたように見えた。

「お母さんたちは……帰られたの？」

か細い声だった。

「はい……少し前に」

ミヤは「そう」と言って、茶色の長髪をかき上げた。

十五分ほど前まで、茉祐の母と勇真が病室に来ていた。彼らと鉢合わせする前に、ミヤは席を外した。自分がいると余計な誤解を与えてしまうと考えたのだろう。

「茉祐さん、大丈夫？」

「……はい。数針縫いましたけど、外傷と軽い脳震盪《のうしんとう》だけで明日には退院できそうです」

「そう……よかった」

ミヤは、擦り切れたような笑顔を見せた。

茉祐のケガの原因について、拓真は「貧血気味の茉祐が、二階の手すりから誤って落ちた」と医者や茉祐の母には嘘の説明をしていた。おどろしについて話すつもりはなかった。言葉で説明したところで、信じてもらえるわけもない。

それに……仮に信じてもらえたところで、同じ絶望を味わわせるだけだ。

祐希は消え、茉祐は呪われてしまった。

波瀬は――自分たちは、負けたのだ。

おどろしに。

拓真は茉祐の顔を眺めた。目覚めたときに何が起きているのかを知り、彼女は耐えられるだろうか。娘を失い、自分も三日以内に死ぬという事実を知って。

ふっ、と隣から石鹸《せっけん》の香りがして見ると、ミヤが頭を下げていた。

「……ごめんなさい」

何に対して謝っているのかは、すぐにわかった。

「やめてください。ミヤさんも波瀬さんも悪くないですから」

本心からの言葉だった。二人を責める気にはなれなかった。

「……頭を上げてください」

ミヤはおずおずと顔を上げる。端整な顔が、涙でぐしゃぐしゃになっていた。無理もなかった。この人もまた、恋人を失ったのだ。ぶっきらぼうに振る舞ってはいたが、ミヤの波瀬に対する想いの深さは見ていてわかった。

「あのときわたしが――おどろしを仕留めていたら。きっと……祐希ちゃんだって」

あのときというのは、二階で波瀬の刀を振るったときだろう。あの刀が霊に対抗するための強力な武器であることは察しがついた。しかし、波瀬はそれを手放してしまった。

その隙をつかれて、波瀬はやられた。

愕然《がくぜん》とした。本物の霊能力者の力に。それを上回るおどろしの呪いの力と狡猾《こうかつ》さに。

そして、家族と家を奪われた現実に。

何よりも、何もできなかった自分の無力さに。

かたん、と音が鳴った。ミヤが拓真の隣のパイプ椅子に座っていた。

「尼子さん、助けにいこう。――祐希ちゃんと、アキラを」

「……え？」

拓真はミヤの顔を見た。泣き腫《は》らした真っ赤な目には、強い光が宿っている。

「助けるって……ほ、方法があるんですかっ？　二人は、もうおどろしに――」

「まだきっと生きてる。これ」

鞄《かばん》から取り出されたのは、波瀬の短刀だった。ミヤはその刃の部分に手を添えた。

「この刀は、アキラがあらゆる霊峰で修行したときに生死を共にしたもの。身体の一部だって言ってた。集中してこの刀に触れれば、アキラの霊力を感じられる。今も微弱だけど感じる。だから、きっと生きてる」

霊力を感じるから生きている――拓真のような一般人にとっては、理屈にすらなっていない。だが、ミヤの目を見れば、嘘や思い込みで言っているようには思えなかった。

「呪いの期限が来ても、すぐに殺されるわけじゃないんだ。多分だけど……まず、森に連れていかれるんだと思う」

　森？

「森って……ミヤさんの故郷の森ですか？」

　ミヤはこくんと頷《うなず》いた。

「連れ去られたならそこしかない。おどろしは、あの森から出られないはずだから」

生きてる。もしかしたら波瀬と一緒に、祐希も。

「や、やったら」拓真は勢いよく立ち上がった。「すぐにいきましょう！　今すぐ！長崎ですよね？」

　病室の時計を見ると、時刻はまだ午後六時半だ。飛行機には十分に間に合う。

　だが、スマートフォンを取り出した拓真をミヤが制止した。

「わざわざいく必要はない。時間がもったいないから」

「ずっと考えてた。尼子さんの家が、どんな状態にあるのか。物が呪われるなんてこれまでになかったから。けど、家に入ってわかった。あの家はすごく、森に似てた。雰囲気というか……空気の質が」

　空気の質？……拓真は黙ったまま、ミヤの続く言葉を待った。

「理由はわからないけど――あの家は、おどろしの森の一部になってるんだと思う。おどろしはいつも三日かけて、呪われた人を探してた。でも、今回はその必要がなかった。

最初から……おどろしのテリトリーにいたから」

「うちが……森の一部？」

自分たち家族はミヤの故郷の森に何の関わりもないはずだ。それなのになぜ、我が家が化け物に巣くわれなければならない？

すると、ミヤは目を伏せて口ごもり、やがて覚悟を決めたようにまた拓真の目を見る。

「尼子さんには悪いけど――もう一度あの家に、おどろしを呼ぶ」

ほとんど背丈が変わらないせいか、ミヤの視線は真っ直ぐに拓真の目に届く。

「もう一度呼んで、次は仕留める。そうすれば、祐希ちゃんもアキラも助かる」

拓真はミヤの瞳《ひとみ》を見つめた。夕陽の輝きを映したミヤの大きな瞳は、まるで闘志に燃える心の内を表しているかのようだ。

だが、ミヤは自分で言っていた。アキラほどの能力はない、と。

不意を衝《つ》かれたとはいえ、波瀬が敗北した相手に、ミヤが敵《かな》うのだろうか。

「大丈夫」

そんな拓真の不安を察したのか、ミヤは言った。

「勝算がないわけじゃない。アキラの刀がある」

すっと刀を前に出す。確かに、この刀の力は目にしているが……。

「いざというときの護身のために、使い方も教わったことがある。――それに、あいつはわたしがやらないといけない。呪いの大本である、わたしが」

刀を握るミヤの手は震えている。

「ずっと――ずっと知らないふりをしてた。呪いを誰かに感染《うつ》しても、人の唇を勝手に奪うやつが悪いんだって。自分に責任はないんだって」

柄《つか》についた輪がカチャカチャと鳴った。

「この呪いから逃げてた。尼子さんと出会った後だって……一人、見殺しにしてる」

いきなりの告白に、拓真はぎょっとする。だが、ミヤがその事実を自分に明かした決意を思えば、受け止めなければならないと思った。

夕陽を映したオレンジ色の瞳が潤んでいる。呪われた人たちを見捨てたことを後悔しているのか、単純におどろしが恐ろしいのか。あるいは、その両方か。

「なら」拓真は、刀の柄を掴《つか》んだ。「僕がやります。刀を渡してください」

力強い声が病室に響く。拓真は真っ直ぐにミヤの顔を見据えた。

「あ、あなたみたいな若い女の子に――全部背負わせるわけにはいきませんから」

刀は想像していたよりもひどく冷たい。まるで自分の手に反発しているかのように手に馴染《なじ》まない。馴染む気がしない。

自分が、たとえ霊が相手だとしても武器を振るうような人間ではないと瞬時に悟る。波瀬のように恰好《かっこう》よく、誰かを守れる人間ではないと。

ただの四十路《よそじ》のサラリーマン。ケンカすらもう何十年もしていない。それでも、たとえ自分が犠牲になっても、家族を守れるなら。

ふっとミヤが噴き出した。

「……鼻の孔《あな》、広がってるよ？」

拓真は我に返り、刀を握っていた手を離して鼻を隠した。

その顔を見て、ミヤがさらにくすくすと笑う。

「尼子さんって、結構古風な人なんだね」

ミヤは目元を拭《ぬぐ》った。いつしかその表情は柔らかになっている。

「アキラも同じだよ。一緒に暮らす前も『まず美也のお母さんにあいさつせなあかん』とか言って。こんなのと付き合ってるのにわざわざね」

ミヤが目を伏せると、まつ毛の長さが際立った。

「アキラみたいになりたいとも思ってた。どんな人でも助ける、やさしくて強い霊能力者に。それが――オレが憧《あこが》れたアキラの姿だから」

……オレ？

「アキラがやられてやっとわかった。どんな人でも、呪いなんて暴力に殺されていいわけないのに」

すると、ミヤは頭に載せてあったキャップを掴んだ。

そして思い切り引っ張ったかと思うと――キャップごと髪が取れた。

下ろした手の先に、キャップからこぼれる茶色の長髪が垂れ下がっている。

それがウイッグだとわかったのは、一瞬後のことだった。

ベリーショートの髪をした青年が、目の前に立っていた。

「あ……っ」

拓真は驚きの声を漏らし、ついミヤのその姿を指さした。ウイッグで隠れていた額の奥には、握り拳《こぶし》ほどの大きさの黒いキスマークの痣《あざ》がついている。

「だから、オレがやる」

彼女——いや、彼はそう、今までよりも低い声で言った。

二

「ミ、ミヤ……さん？」

衝撃的な光景に拓真は愕然とした。ミヤは短い髪をわしゃわしゃと掻《か》き、

「ミヤは源氏名。本名は美也《よしや》っていうの」

「よしやって……」

「そう。戸籍上の性別は男なんだ。ごめんね、隠してて」

キャップのついたウイッグを顔の近くに持っていき、ウインクして見せる。

「でも、ガールズバーで」

「店長の厚意で働かせてもらってるの。お客さんには内緒だけど。ちなみに、歳も二十歳じゃなくて二十三歳」

「波瀬さんと恋人なんじゃ」

「そう。恋人。男同士の。まぁ別に、どっちも男が好きってわけじゃないけど」

「な、何で」

「何で？」

ミヤ――いや、美也は小首を傾げた。

「別に深い意味はないよ？　尼子さんがそのシャツを選んで着てるのと同じで、オレもしたい恰好《かっこう》してるだけ。特に女になりたいわけでもないし」

拓真はずっと彼を指さしていたことに気づいて、慌てて手を引っ込めた。男だと言われれば、確かに肩幅の広さなどところどころ男らしい。しかしその顔は中性的で美しい。

「えっと……」

何を言うべきか拓真は悩んだ。黙っていると美也が気を悪くしそうなので何か言おうとするが正解がわからない。困っていると、美也がまた笑った。

「いいよ別に、言葉選ばなくて。びっくりさせてごめんね」

彼はウイッグをつけ直すと、元の姿に戻って表情を正した。

「さて――お互いに一端の男だってわかったところで、いこうか。刀は渡せないけど、尼子さんにもやってもらいたいことがある」

美也はキャップのつばを直すと、病室の出入口に向かった。拓真もその後を追おうとする。扉から出る直前に振り返り、眠っている茉祐を見た。逆光の中、茉祐の胸がしっかりと上下しているのがわかる。まだ生きている。だが、もうおどろしに居場所がバレている以上、いつまた襲われてもおかしくない。

それなら、やられる前にこっちからやる。

「……祐希を連れて帰ってくるからな。そしたら――また家族一緒やから」

反応は何もなかった。だが拓真には、いつもの茉祐の「いってらっしゃい」の声が聞こえた気がした。


病院を出ると、二人はタクシーを捕まえた。尼子邸までは十五分もあれば着く。

一日の終わりにさしかかった街並みには、疲れ切って、だけど安らかな顔をした人々が目についた。彼らはこれから安心できる我が家に帰るのだろう。羨《うらや》ましかった。どうして、自分たちがこんな目に――暗い気持ちが湧き起こり、拓真は小さく首を左右に振った。

ラジオの音声だけが、車内に満ちている。

横を見ると、美也は膝《ひざ》の上に両手を組んで、窓の外を眺めていた。よく見ると表情が少し強張《こわば》っている。それでも平常心を保とうとしているのだろう。そっとしておこうと拓真も景色に目をやると、ぽつりと美也が言った。

「……おどろしの正体はね、遊女なの」

拓真は視線を隣に戻す。美也はこっちを向いていた。

「正体……ですか？」

「あれは、遊女たちの怨念《おんねん》の塊。廓落の森に、ゴミみたいに捨てられた遊女たちのね」

何の文献にも残ってない、ただの言い伝えだけど——そう前置きして、美也は語り始めた。

美也の故郷・廓落は江戸《えど》時代の昔、いわゆる岡場所——幕府非公認の遊郭だった。渓谷に沿ってできた集落で、元々は藩に任命された山守《やまもり》たちが暮らしていた。その山守たちの無聊《ぶりょう》を慰めるべく、遊郭がつくられた。常に川のせせらぎが聞こえ涼やかな山の空気が流れる色里は、中心地にはない風情が漂う奥座敷として集落内外から秘かな人気を博したという。

寛永《かんえい》の終わり頃、廓落にある女がやってきた。名前をシマといった。

シマは当時十九で、故郷に恋人もいたが、博打《ばくち》好きの父親が作った借金のカタに廓落の女郎屋に売られた。

悲壮感に満ちたシマだったが、その顔は見目麗しかった。シマを買った女郎屋の楼主は不審に思った。こんな山奥の集落に来なくとも、丸山《まるやま》に外国人専用の花街ができたはずだ。この見た目ならそっちの方が高く買い取られるだろうに、と。

楼主の思った通り、シマには秘密があった。——子を宿していたのだ。そのことがバレて、他の遊郭では受け入れられなかったという。

楼主はすぐに堕《お》ろせとシマに命じたが、シマは受け容《い》れなかった。

「お腹の子が死ねば、実の父に売られ、愛する人とも別れたわたしには、この世に未練などありません。産ませてくれなければ、自ら命を絶ちます」

そう泣いて訴えたのだ。楼主にとって、商品である遊女に死なれるのは大損である。仕方なく、楼主はシマが子を産むことを許した。ただし、生まれた子はいずれ遊郭で働くことを条件にして。

　これを聞いたシマは、女の子が生まれないよう祈った。愛する男の唯一の忘れ形見である我が子を、自分と同じ目に遭わせたくなかったからだ。

　しかし、生まれた子は女だった。

　出産を終えて間もなく、赤子を取り上げられ、シマは遊郭で働き始めた。人間として扱われない過酷な日々は、シマの想像をはるかに超えていた。脱走しようにも警備は厳重だ。よしんば遊郭から出られたとしても、追手に捕まれば手《て》酷《ひど》い折檻《せっかん》が待っている。前にも脱走を試みた女がいたが、逆さ吊《づ》りにされ一晩中水をかけられていた。あの妓《こ》はあれ以来見ていない。

　噂によると、ここでは死んだ遊女は、集落の奥にある森に捨てられるという。

「あの森は墓場さ。地獄にも墓場があるんだね。あそこでようやく、あたしらは静かに夜も眠れるんだ」

　あるとき、張り見世の中で、年上の遊女がシマにそうささやいた。

心を殺すことだね――それが遊郭で生き残る方法だと、女は鼻にかかる声で言った。

だが、シマには娘を想う心を捨てることなどできなかった。

客との行為を終えて窓格子の向こうに見える月を眺めていると、かすかに赤子の泣き声が聞こえた。シマは、その声が我が子のものであることを疑わなかった。生まれてから一度も会っていない――あの子は母親を呼んでいるのだ。いって抱き締めてやりたい衝動に駆られ、何度枕を濡《ぬ》らしたことだろう。耳を塞《ふさ》いでも、母を求める声からは逃れられなかった。お腹を空《す》かせているのかもしれない。ああ、なぜわたしはあの子ではなく、見知らぬ男たちに乳を吸わせているのだろう……。

せめてもの思いで、シマは子守唄《こもりうた》を口ずさんだ。その歌声は、暗い熱を帯びた遊郭の夜を鎮めるように響き渡った。

でんでらりゅうばぁ　でてくるばってん
でんでられんけん　でーてこんけん
こんこられんけん　こられられんけん
こーんこん

出ていきたいけど、出られない――それは、母を恋しがる娘への、贖罪《しょくざい》の歌だった。

シマが遊女になって数ヶ月が経った頃、故郷の恋人が訪ねてきた。

「きみの父親を殴りつけて、どこに売ったかを吐かせたんだ」

彼はシマを買い、二人は久しぶりに夜を共にした。

「あなたの娘がここにいるの」

そう伝えると、彼は驚き、遊郭のどこかから聞こえる赤子の泣き声に耳を傾けた。

彼は泣いた。愛する者同士が金を払わなければ一つになれず、さらに我が子まで奪われている状況を嘆いた。そして、必ずシマも赤子も救い出すと誓い、朝になると廓落を出ていった。

シマはその言葉を信じ、いかなる凌辱《りょうじょく》にも耐えた。

そうしていつか廓落を出て、家族三人で暮らすことを夢みた。

だが、恋人はそれから数ヶ月経っても来なかった。

明日には来る、きっと来る——そう信じて裏切られ続ける日々の中で、シマは何を信じればいいのかわからなくなった。心の均衡が保てなくなり、我が子への愛も、楼主や客への憎しみも、恋人への失望も……全てが混ざり渦を巻き、やがて黒い何かが彼女の中で産声をあげた。

あるとき、シマは楼主に呼び出された。彼は激怒していた。

「数日前にお前を買った庄屋《しょうや》の息子が、急死したぞ」

それは偶然ではなかった。集落の男が、身体中に奇妙な黒いシミを浮かべて死ぬ事件が、いくつか起こっていた。

そして、死亡した男たちの共通点は、シマを買ったという点だった。

「丑参《うしまい》りでもしたか。鬼女め」

楼主はそう疑いをかけ、シマを遊郭の座《ざ》敷牢《しきろう》に閉じ込めた。

シマは釈明した。確かに、行為の最中に相手の死を願ったことは数え切れない。

だが、丑参りなど全く心当たりがなかった。

しかしその実、男たちを呪い殺していたのは、シマだった。

彼女には――本人も知らなかったが、神通力とでも呼ぶべき力が備わっていた。

遊郭という地獄が、シマの秘められた力を呼び覚ましたのだ。

目覚めたばかりの力を、シマはコントロールできなかった。ただ感情のままに、自分を穢《けが》した相手に毒に似た呪いを与えた。

集落中の男たちがシマを恐れた。噂には尾ひれがつき、「シマを抱いた男が死ぬ呪い」から「男を殺す呪い」に変わった。男たちはほとんど恐慌状態に陥った。

鬼の女を殺せ――遊郭を太い怒号が囲った。

シマは楼主によって三日三晩牢に閉じ込められ、すっかり衰弱したところで牢から出された。

そして、連れていかれた先は、廓落の奥の森だった。

「もうお前は商品にならない。ここに捨て置く」

楼主の言葉は、シマの耳に冷たく響いた。シマは裸に剝《む》かれ、片手だけを自由にされた状態で森の浅いところの木に縛り付けられた。しとしとと降る雨が、空を覆う枝葉をすり抜けて、彼女の身体に打ちつけていた。

「よくも呪いなんぞで上客を殺してくれたな。彼らの無念は晴らさせてもらう」

そう言って、楼主が連れてきたのは、一人の赤子だった。

一目見てシマにはわかった――その子が、自分の娘だと。

「これは、お前の目の前で死なせてやる」

にやりと笑うと、楼主はシマの手が届かない場所に、ちょうど赤ん坊が一人入るほどの穴を掘った。そこに、シマの娘を放り込む。

「一晩かけて雨水が溜《た》まり、これは溺《おぼ》れ死ぬだろう。娘がじわじわと死んでいくのを、そこで見てるんだな。助けたいならそうしてみろ。そのために、腕は自由にしてやった」

堪忍してくださいと、シマは泣いて訴えた。

だが、すでに商品としての価値を失った女に、楼主は容赦などしなかった。

「それから、お前の男ならもう来ないぞ。いつ頃金を用意できるか訊いたら、そんな気はないとよ。もう別の女を娶《めと》るらしい。子供もいらんとさ」

それだけ言って、楼主は去っていった。残されたシマは、絶望に打ちひしがれた。

シマは、必死で赤子に手を伸ばした。

だが、我が子との距離はシマの身長分以上も開いている。

穴の中から、娘もまた小さな手を伸ばしている。甲高い泣き声が森に響く。このままでは、溺死《できし》する前に寒さで死んでしまう――助けたいのに、身体は着物の帯でしっかりと木に括《くく》り付けられて動けない。

うえ、え……ふええ……ええ……

娘が泣いている。やっと会えたのに、手が届かないなんて。

穴の声は段々と小さくなっていく。シマは必死に暴れたが、三日三晩、水も飲んでいないために力が入らなかった。

助けなきゃ——

シマは強く願った。

やがて一晩が明け、様子を見にきた楼主が見つけたのは——シマの奇妙な死体だった。

自由にしていた片腕だけが、異常に伸びていたのだ。

元の三倍以上の長さに伸びた手は、穴にいた赤子を掬《すく》い上げていた。シマの娘は、その手にしがみついてすやすやと眠っていたという。

楼主はシマの執念を恐ろしく思い、その魂を鎮めるために、赤子を助けた。

以来、森に遊女の死体を捨てると、一晩経てば消えるようになった。

集落では、「シマが怨霊《おんりょう》となって死体を喰《く》っている」と新たな噂が流れ始めた。

やがて、集落はシマの怨霊を恐れ、森を注連縄《しめなわ》で囲い、神域とした——。

「ほんまの話なんですか……？　それ」

拓真が訊《き》くと、美也は肩をすくめて見せた。

「言ったでしょ。何の証拠もない、言い伝えだって。でも、廓落の人たちはみんな信じてた。おどろしの正体は、森に捨てられた遊女たちを食ったシマの怨霊だって」

「ですが、シマはどうして、遊女たちを食べたりなんて……」

「それは、死んだときの状態のせいだと思う。三日三晩飲まず食わずで、飢餓感に支配されてたんだろうね。そのせいで、他の遊女たちの無念まで取り込んで……もうあれはぐちゃぐちゃだよ」

タクシーは尼子邸の前に停まった。運転席のデジタル時計は午後七時前を示していた。

拓真は車から降りると、先に降りて家を見上げていた美也の背中に言った。

「そんな恐ろしい森に、祐希も波瀬さんも置いておけません。……早く助けましょう」

覗《のぞ》き込んだ美也の横顔は、はっきりと青ざめていた。

「ミヤさん？　だ、大丈夫ですか……？」

「大丈夫……大丈夫だから」

言葉とは裏腹に、鞘《さや》に入った刀を握る手は震えている。

「ごめん……威勢のいいこと言ってたくせに」

美也にとっておどろしはトラウマだと、波瀬は言っていた。無理もない。

「……オレさ、姉たちに連れられて、おどろしの森に入ったんだ」

「聞きました。それで、お姉さん二人は亡くなったって……」

「姉さんらはきっと――もしもおどろしに遭っても、オレが殺されるだけで済むと思ったんだよ。おどろし……シマの呪いは、男を殺すものだったから」

美也の声は平淡で、それでも淋《さび》しさに満ちていた。

「子供の浅はかな考えだよ。実際は、結局、オレだけが生き残った。またそうなるかもって思うと……怖くて怖くてたまらないんだ。アキラも、尼子さんたちも守れず、オレだけが生かされたらって」

「そ……そんなこと、ないですよ！」

自分の言葉の虚《むな》しさは、拓真自身が一番よくわかっている。それでも、口に出さずにはいられなかった。

美也は拓真を見ると、ふっと微笑んだ。

「ありがと。……アキラがいない今は、尼子さんを見ると安心する。色が一緒だから」

色とは何のことか訊こうとしたが、美也はさっさと玄関扉まで近づいた。

扉は施錠してある。拓真は駆け寄り、シャツのポケットから出した鍵《かぎ》を鍵穴に挿し込んで、かちゃんと音をたてて開錠する。いつも当たり前にやっていた仕草だが、今はやけに緊張する。

「オレが先にいく」

低い声で美也が言い、刀を構える。拓真は素直に一歩後ろに引いた。

「この家はもう、おどろしの巣になってる。——気を抜かないで」

刀を鞘から抜くと、逆手に構えて、片方の手で取っ手を引く。かちゃ……と扉が開き、隙間から玄関が見えた。美也はそこで引く手を止める。おどろしが待ち構えているかもしれないと警戒しているのだろう。

十秒ほど待ち、またゆっくりと扉を開け始める。半分ほど開けて、一気に全開した。

腕が伸びてくることはなかった。見えたのは、真っ暗な玄関と廊下。

ふう、と拓真は息を漏らす。だが、まだ家に入ってもいない。気を引き締めて、一歩中へ進んだ美也の後ろをついていく。彼はスニーカーを履いたまま框《かまち》を跨《また》いだ。

フローリングの板が、ぎし……と音をたてる。

家の中の空気はやけに冷ややかだった。クーラーを消し忘れていたかと思ったが、違う。どこからか漂う草と土の匂い……美也の「森の一部になっている」という言葉を思い出す。この湿った冷気は、深い森の空気そのものだ。

そのとき、背後できぃっと音が鳴り、玄関扉がひとりでに勢いよく閉まった。拓真の肩がびくんと跳ねる。

「落ち着いて……ビビらせようとしてるだけ」

平常心だ——自分に言い聞かせながら廊下を渡る。リビングに入ると、さっきまで焚《た》いていたのかと思うほどお香の甘い匂いが鼻につく。沈香の匂い、と波瀬は言っていた。遊女が好んで使っていた香りだ。

電気が点《つ》いていないと薄暗い。出入口近くの照明のスイッチを押すと、暖色の灯りが室内を照らす。床の真ん中には、茉祐の血の痕がまだ残っている。

匂いはするが声は聞こえない。この家には今、おどろしはいないのだろうか。美也はおどろしを「呼ぶ」と言っていたが、いったいどうやるのか。

すると、今度はリビングの扉が勝手に閉まった。だが拓真は驚かない。その代わり、ごくんと生唾《なまつば》を飲んだ。当然のように怪異が起こり、それに慣れ始めている自分がいる。

ダイニングテーブルの横で立ち止まると、美也は拓真に向き直った。長いまつ毛に縁取られた大きな目が、じっと自分を見つめる。男だとわかった後でも、その美貌《びぼう》を直視するのは恥ずかしい。目を背けようとすると、頭を両手で摑《つか》まれ固定された。

「な、何を」

「今から尼子さんに呪いを感染させる」

一つ一つの単語を強調するように、美也は言った。

「おどろしを呼ぶには、呪われた人間――言い方は悪いけど、餌が必要なの。あいつは尼子さんを狙ってる。襲えるようになったらすぐに来る。必ず」

「で、でも――」

と、言いかけた拓真の口は、次の瞬間、美也の唇によって塞《ふさ》がれていた。

三

柔らかな感触が離れると同時に――その感覚に気づいた。何か湿ったものが体内に入り込んでくる感覚だった。美也から離れ、口を押さえる。

その手の甲にじわぁっと黒いキスマークが浮かんできたのを見た。

呪われたのだ。美也——いや、おどろしに。

そして視線を上げた瞬間、拓真は短い悲鳴をあげた。

美也の後ろの壁いっぱいに、真っ赤なキスマークが浮かんでいたのだ。

それらが一斉に笑い出した。

あははははははははは
大勢の女の笑い声が耳を劈《つんざ》く。拓真は耳を塞いだが、あまり意味をなさなかった。閉め切られた窓のガラスがぴしぴしと鳴る。頭がガンガンと痛み出す。

来たのだ。拓真を狙って、遠くの森から——おどろしが。

壁から一本の腕がずるりと生えた。

かと思った瞬間、弾丸のように拓真めがけて飛んでくる。直後、美也の背中が視界の真ん中に入ったかと思うと、彼は腕を横一閃《いっせん》に振った。

いぎぃぃいいいい
笑い声は苦し気な叫びに変わった。拓真から見えたのは、親指以外の指を切り離された青白い腕だ。それは蛇の頭のようにもんどりうちながら跳ね上がり、天井にぶつかると煙のように消える。

しゃん、と清らかな音がした。美也の手の先にあるのは、波瀬の銀の短刀だ。

「大丈夫。アキラほどじゃないけど——使える」

美也は横顔だけで振り返った。

「オレから離れないでね」

さらなる腕が二本、壁から現れて向かってくる。薄闇に銀の閃光《せんこう》が迸《ほとばし》り、美也は二本の腕を斬り返した。やった、と拓真が声に出すと、
うふ……ふ、ふふふ
飽きるほど聞いたあの笑い声がする。効いていないのか。

さらなる腕が数本、壁から伸びる。しかし警戒しているのか攻撃はしてこない。惑わすようにゆらゆらと揺れているだけだ。

刀を構えた美也が、はっ、と息を吐いたのが背中越しにわかった。

「嬉《うれ》しいよな。ずっと狙ってたやつが、ようやく呪われてくれたんだから」

美也の声には、嘲笑《ちょうしょう》のニュアンスが含まれている。

「教えて。どうやってこの家をテリトリーにした？　森から出られないくせに」

うふふ、ふ、ふ
問いかけに相手が答えようとする気配はない。

それでも、美也は語り掛けることをやめない。

「余裕なふりしてるけど、悔しかったんでしょ？　自分のテリトリーにいる人間を襲えなかったことが。だから、どうにかして彼らを呪おうとしたんだ」

美也の言葉を遮るように、おどろしは次の攻撃を仕掛けてくる。ソファーの下から黒

い髪の毛が束になって現れ、拓真の横腹に奔《はし》った。気配を察したらしい美也が拓真と髪の間に飛び込み、刀をかざす。

伸びた髪の毛は、刀の手前で見えない壁に当たったかのように弾《はじ》かれた。

間一髪のところだった。家のどこからでも手や髪、口を出すことができるのか——それなら、確かにこの家はすでにおどろしの領域だ。

美也は拓真のそばに寄り、刀を構え直す。

「どうした？　こんな風にちまちまずっとやり合う？　オレはいいよ。ちょっとずつでも、お前の身体を削ってやるから」

闘争心が昂《たかぶ》ったせいだろうか、美也の口調は完全に男性のものになっていた。

壁に生えた腕は、苛立《いらだ》たし気にその赤い爪で壁を傷つける。

しかし、ふっと全ての腕が消えた。

うふ……ふふふ

ひひ、ひ

くふふ……

様々な女の笑い声が、リビングのあちこちから聞こえてくる。見知らぬ女たちが家中に隠れているかのようだ。そのとき、唐突に照明が明滅し始め、ついには消えた。

庭の窓からは群青の淡い光が染み込んでいる。薄暗がりの中、美也は拓真の服を引っ張って、さらに自分の近くに引き寄せる。すると、バッとキッチンの方を向いた。拓真もその行動に倣う。カウンターの向こうには、冷蔵庫と、炊飯器や電子レンジの載った大型の食器棚が見える。

だが——拓真は目を細めた。カウンター越しに、何か黒く隆起したものが見える。それがゆっくりと盛り上がり、後ろの食器棚を隠していく。

ずう……ず……

黒いものが徐々に盛り上がっていくにつれ、重い何かを引きずるような音がする。ずず、ずず……。やがて食器棚の半分が隠れるほどになり——拓真は、その黒いものが髪の毛だと気づいた。さっきからしているのは、髪の毛が床に擦《こす》れる音だ。

隆起しているのは、恐ろしく巨大な頭頂部だ。

垂れた髪の隙間から、血走った二つの大きな目がこっちを見ている。

「久しぶりだな——おどろし」

感情を抑えた声で、美也が言った。

おどろし。あれが……呪いの主。

全身が総毛立った。濁った眼光に晒《さら》され、身体は金縛りに遭ったように動けない。寝込みを襲われたときのことを思い出し、拓真は血が凍った気がした。

あのとき以上の濃い沈香の匂いが鼻をつく。だが、拓真が鼻と口を覆ったのは、その奥にある腐敗臭のためだった。森と土、沈香、そして死体が腐る匂い……それらが混ざり合い、嗅《か》いだことのない異臭となって嗅覚《きゅうかく》に突き刺さる。

おどろしの髪は、家そのものに寄生するかのように部屋の壁を伝いながら広がっていく。髪のところどころから覗《のぞ》いているのは女の顔だ。髪に埋まった女たちが、拓真と美也に向かって笑いかける。

うふ……ふふふ、ふ……

あれらは、森に捨てられたという遊女たちの怨念《おんねん》なのだろうか。

シマの怨念と融合した、名もなき遊女のなれの果てか。

しゅる、とそばで音がして、見るといつの間に背後に近づいたのか、髪の毛が拓真の腕に巻き付こうとしていた。

「うわぁ！」拓真が叫び、美也がその髪に摑《つか》みかかった。

「この！」

きぃああああああ

女の悲鳴が聞こえ、髪を摑んだ美也を大きく振り払った。美也の身体は壁まで飛んで叩《たた》きつけられる。

「ミヤさん！」

拓真は彼に駆け寄る。そのとき、壁にもたれていた美也が「ぐあっ！」と喚《わめ》き、前に倒れ込むように壁から離れた。美也がもたれていた壁に、二つの口が生え、歯と舌を見せて笑っている。どちらも血を滴らせていた。

見ると、美也のストライプのシャツは背中が二か所破れ、その部分が血で赤く染まっていた。二つの口に肉を嚙《か》み千切られたのだ。

「こいつら……っ！」

脂汗をかいて悶《もだ》える美也だが、波瀬の刀はしっかりと握っている。

その視線の先にいるおどろしは一向に動く気配はない。

うふふ……ふ、ふふ……ふ

笑い声と共に、キッチンからおどろしの髪があふれた。氾濫《はんらん》した川の水のように、あっという間にリビングの床を吞《の》み込んでしまう。拓真たちのいる場所を除いて、黒い毛髪の海が部屋いっぱいに波打っている。

「ミ、ミヤさん」

茉祐や美也が襲われたときと同じだ。この毛量に一斉に襲われたらひとたまりもない。

だが、美也には慌てる様子はなかった。背中の嚙み傷が痛むらしく、顔を歪《ゆが》めてはいるが、じっとおどろしを観察している。

「大丈夫。あいつは……怯《おび》えてるから」

小声でそう言った。怯えている？

美也は背後を振り返ると、銀の刀を薙《な》いだ。しゃんという音。毛髪の隙間から飛び出ていた腕が、手首より上を斬り落とされて霧消する。さらに美也の腰に絡まろうとした髪を一刀両断する。

波瀬の刀は、拓真が思っていた以上に強力な武器だった。波瀬のときには振るだけで遠くの対象も斬れていたが、美也も十分に使いこなしているように見える。

問題は、それだけに相手も強く警戒している点だ。おどろしは相変わらずキッチンのカウンターの向こうから拓真たちの様子を窺《うかが》っている。

そもそも、なぜあいつは一気に襲ってこないのだろうか。何かの罠《わな》、という感じはしない。どちらかと言えば、向こうも攻めあぐねているような感じだ。そう言えば、茉祐と美也がこの髪に囲まれたときも、あいつは一息に襲い掛かろうとはしなかった。

なぜだ——その答えが、美也の言う「怯えているから」なのか。

「怖いんだろ？　この刀が」

美也はなおも挑発するようにおどろしに語りかける。

「ずっと、今も閉じ込められてて……外の世界なんて知らないんだよな。生きてたときのお前らと一緒だ」

おどろしはキッチンの中から出てこない。その目は大きく見開かれたまま、美也をじっとりと見ている。

「だから、オレの意識を操作して、呪いに抵抗しないようにしたな？　下手な小細工をするやつほど、根は小心者なんだ」

壁に生えた腕が三方向から襲い掛かる。美也は拓真の服を下に引っ張って跪《ひざまず》かせると、独楽《こま》のように身体を捻《ひね》ってひと振りで三本の腕を屠《ほふ》った。

「お前らなんか怖くない」

……ぐ……う……

気圧《けお》されたような声。すると、おどろしはさらに頭を持ち上げた。目から下の部分もカウンターを越えて見えるようになる。現れたのは、大きな口だった。牛さえも丸呑みできそうな口腔《こうこう》が、めきめきと音をたてて広がる。

あ……あ、あう、あ……

口の中に見えたのは、太い牙《きば》と——ぬらぬらと赤い粘液に濡れた肉の孔《あな》。

その奥から、おどろしは咆哮《ほうこう》した。

家がびりびりと震えた。それが合図だったのか、毛髪の海がずるずると潮が引くようにキッチンへと戻っていく。クリーム色の木の床が再び現れる。

お、お、おお……

そして、おどろしそのものもじわじわと頭を下げ、見えなくなった。途端に、リビングは静けさを取り戻す。湿った嫌な空気はそのままだが、化け物の気配が遠のいたのが拓真にもわかった。呪われると、やつへの感覚も鋭敏になるらしい。

「き、消えた……？」

自分のつぶやきが正しいのか、美也の横顔を見る。

「いや——隠れてる。この家の中からは出てない」

緩みかけた緊張が、また高まった。どこだ。また急に襲い掛かってくるのか。美也も全方位を確認するべく黒い瞳《ひとみ》を忙《せわ》しく動かしている。

そのとき、物音が聞こえた。

どさっ。大きくて柔らかいものが床に落ちるような音だ。玄関の方だろうか。

閉じられたリビングの扉の向こうで、また音がした。

そして、う……という小さな呻《うめ》き声。

美也がそちらへ向かって足を進め、拓真もそれについていく。いきなり壁から腕が出てくるかもしれないので慎重に。扉までたどり着くと、すりガラスを覗いて廊下の状況を確認する。

白い大きな何かが、玄関で浮いている。

そして次の瞬間には、糸が切れたように落ちた。

どさっ

それから数秒して、また浮き上がる。

どさっ。落ちる。

あれは何だろうか。白色に、黒い部分もある。

美也が周囲に警戒しながら扉を開ける。

拓真は、音の正体がまた浮いているのを見た。

それは祐希だった。玄関の天井から生えたおどろしの腕が、彼女のスウェットの裾《すそ》を摑んで持ち上げているところだった。気を失っているのか、祐希の身体はＵＦＯキャッチャーの人形のようにぐったりとしてされるがままだ。

腕は天井に近づくと、パッと祐希を手放す。祐希は重力のまま玄関框《かまち》に落ちた。

どさっ

「祐希！」

拓真は叫んだ。さっきからずっとしていたのは、この音だったのか。

走り出そうとした拓真を、美也が制した。

「ダメ。明らかに誘ってる」

「でも！」

キャップの下で、美也の猫目が光った。

「今突っ込んでも無謀なだけ。それに、あれが本物の祐希ちゃんかわからない」

ぐっと拓真は下唇を噛んだ。そうしているうちに、祐希の身体はまた持ち上げられる。つ、とその口から涎《よだれ》が一筋落ちた。青白い手首が天井に隠れ、祐希は二メートル以上の高さから落とされる。

今度は頭から落ちる。——ゴッと鈍い音が響いた。

瞬間、拓真は美也の制止を振り切って駆け出していた。待って、と美也が後ろで叫ぶ。

それでも足は止められない。

廊下を半ば過ぎたところで、拓真は祐希の後ろにある玄関扉の異変に気付いた。

扉いっぱいのサイズに、壁に浮かんでいたあの真っ赤な唇が現れていたのだ。

拓真は恐怖心を抑え込み、祐希のそばで膝《ひざ》をつく。彼女は糸の切れたマリオネットのように手足を投げ出していた。

抱き上げると「うう」と声を漏らしたので生きているとわかり、一瞬の安堵《あんど》がこみ上げる。そのまま立ち上がろうとするが、ぐっと腰のあたりを何かに引っ張られた。

見ると——唇から出た数本の腕が、拓真の服を摑んでいた。

うふふふふ
「う……わっ！」

凄《すさ》まじい力で大きな唇の方へ引っ張られる。メリメリと音をたてて口がさらに開き、ねっとりとした唾液が糸を引いている。せめて祐希を巻き添えにするまいと急いで手を離すが、すでに一本の腕が祐希の服を摑《つか》んでいた。

「尼子さん！」

拓真の許《もと》に駆けつけた美也が手を伸ばす。

その指先が触れ合った瞬間に——拓真の意識は暗転した。

四

濡れた地面の感触に、目が覚めた。

拓真はガバッと起き上がり、周囲を確認する。

だが、あたりは薄闇に包まれていて何も見えない。

下は湿った土だとわかった。頬に触れると、肌についていた土がぽろぽろと落ちる。冷ややかな空気が流れている。外だ。だが、やけに静かだった。

鼻腔に感じるのは濃厚な緑の匂い——まさか、と思ったが暗闇に目が慣れてくると、自分を見下ろすように乱立する樹木が見えてきた。さらに見上げると、空を塞《ふさ》ぐように重なる枝葉の向こうに、夜闇の空がある。手元がようやく見える程度の月明かりが、木々の隙間から漏れている。

森だ。いつの間にか森にいる。

何が起きたのかわからず、拓真はしばらく呆然《ぼうぜん》とした。記憶を掘り起こそうとするが、巨大な口に引きずり込まれた後のことが思い出せない。いつの間にか自宅からここまで移動していたのだ。悪夢をみているのかとも思ったが、闇に押し潰《つぶ》されそうな重圧は現実のものだった。

身体をまさぐりスマートフォンを探す。——あった。電源をつけ、見慣れた光に照らされて少し安心する。時刻は午後七時半過ぎ。意識を失っていた時間はほとんどないようだ。どこかに連絡しようと思うが、画面上に「圏外」の文字を見つけ落胆する。

そうだ、祐希は？　美也はどこだ？

ライト機能をオンにすると、パッと目の前の闇が切り裂かれた。

すると、楕円形《だえんけい》に投じられた光の中に、人間の足が見えた。

拓真はぎょっとして固まった。裸の両足が草むらに投げ出されている。白い足だ。少し様子を見るが、動く気配はない。その上半身へと、ゆっくりとライトを移動していく。

黄色いライトに照らされたのは——祐希だった。

「祐希！」

祐希はうつ伏せになって倒れていた。その身体を抱き上げ、土で汚れた頬を軽く叩《たた》くと、ううんと唸《うな》って薄く目を開けた。生きている。拓真は涙が出そうになる。

「祐希。よかった。痛いとこないか？」

頭から血は出ていない。さっき打ち付けたところはコブになっているようだ。

祐希はハッと目を見開いた。その目に涙が溜《た》まり、表情を崩す。

「おと、お父さんっ……！」

祐希は震えながら、拓真の首に腕を回そうとした。拓真は彼女の身体を抱き寄せる。こんなときだというのに、「お父さん」と久しぶりに呼んでくれたことに感激している自分がいた。

「……大丈夫、怖かったよな。お父さんがおるからな」

祐希はぐずぐずと鼻を鳴らして、周囲を見る。

「く、暗い……ここ、どこ……？」

紫色の唇から、かすれた声が漏れる。

「わからんけど……森みたいや。立てるか？」

「森……？　うっ……頭、痛い……何か、ぼんやりする……」

祐希はまだ意識がはっきりしないようだった。

「……とにかく、危ないからこれ履け」

拓真は自分のスニーカーを脱いで、祐希の足元に置いた。普段なら「汚い」と文句を言いそうなところだが、祐希は大人しく足を入れた。拓真は靴下だけだ。足裏の布に土の水分が染み込んで気持ち悪いが仕方ない。

拓真が肩を貸し、二人は立ち上がった。ライトを左右に振ってみるが、光はそびえる木々に遮られて遠くを見通せない。森の広さも、どちらを目指せば人里に出られるのかも、もちろんわからない。

美也はどこにいったのだろう。この森の中にいるのか。波瀬は？

何よりも、おどろしは？

ここが美也の故郷のおどろしの森ならば、当然やつもいるはずだ。ここに拓真たちを連れてきたのはあいつなのだから。

叫び出しそうな気持ちを抑えて、思考を組み立てる。祐希を見つけられたのは本当に僥倖《ぎょうこう》だった。娘を守らなければという責任感が、拓真の理性を支えていた。

美也が来るのを待つべきか。いや、ここで待っていてもやってくるのはおどろしかもしれない。美也がこの森にいる保証もない。波瀬に至っては生きている保証すらない。

となると、自分の足で進むしかない。祐希を守れるのは、自分だけなのだ。

落ち着け。……冷静に、起きそうなことと、その対処を考えろ。

「祐希、スマホは持っとる？」

「……ううん。家にある」

「そっか。じゃあライトは消すけど、頑張れるな？」

「え、何で……怖いよ」

「どうせ今は電波通じへん。なら、電話できるとこに出たときのためにバッテリー温存しとかなやろ？　大丈夫、お父さん、目はええんやで。しんどなったらおんぶしたる」

「う、うん……」

あえて祐希には言わなかったが、灯りによっておどろしに見つかる危険は避けたかった。すでに自分たちはハンターに追われる獲物なのだ。

確か波瀬は言っていた。この森は注連縄《しめなわ》に囲まれている。そして、おどろしは注連縄の外には出られない。つまり注連縄の内側から出さえすれば、目前の危機からは逃れられる。身を潜め、存在感を消しつつ——外を目指すのだ。

と言っても、自分たち親子はすでに呪われた身だが……。

はたと気づく。そうだ。呪われているのなら、森の外にいようとおどろしはやってくるんじゃないのか。なら、逃げ場などどこにもないことになる。

……いや、今は考えないようにしよう。現状打破が最優先だ。

目はさっきよりもだいぶ暗さに慣れてきている。拓真たちは一歩踏み出した。

草と土を踏む音が、闇に吸い込まれていく。静寂は耳に痛いくらいだ。生き物の声はおろか風の音すらしない。まるで森そのものが何かを恐れ、息を殺しているかのようだ。

真っ直ぐに伸びる木々は、暗闇の中で大勢の人が立っているようにも見えた。心許《こころもと》ない視覚だけを頼りに手を前に出しながら歩みを進める。木に触れてみると、樹皮は氷のように冷たかったが、身を隠せると思うとわずかに安心する。太い樹木を見つけるたびに、これにすがって夜が明けるのを待とうかとも思ってしまう。

それでも拓真は前に出る。腕にしがみつく祐希の手が、尋常でなく震えていた。

「ねぇ……ここ、ほんまどこなん……？」

恐怖で意識が覚醒《かくせい》してきたらしい。

「……多分、おどろしの森や」

「おどろし……？」

祐希の声は、その混乱を如実に表していた。拓真は小声で答える。

「ここは長崎県で、おどろしって化け物が棲《す》んでる森らしい。僕らをここに連れてきたんもそいつや。覚えてないか？」

「お、覚えとるよっ。……忘れるわけない。長い手の、お、女の人が……」

おどろしに襲われたときを思い出したらしく、祐希の顔はますます生気を失い、闇に溶けてしまいそうだった。たまらず、拓真は祐希の手を握った。

「大丈夫。大丈夫やから」

その言葉がどれだけ彼女を元気づけられるのか、自信などない。それでも、声をかけ、手を取ることをためらわなかった。いつもなら振り払われていただろう手を、祐希は力強く握り返してくれる。危機的状況にも拘《かか》わらず、拓真は祐希が小さかった頃を思い出し、心が安らぐのを感じた。

ひ、と祐希が短い悲鳴をあげたのはそのときだった。

拓真は足を止める。前方に何かの気配を感じた。祐希を背中に隠し、身構える。

苔《こけ》むした岩の陰から出てきた影は、人間の形をしていた。数メートル先にいるため、顔つきまでは見えない。拓真は目を凝らす。男だ。髪の長い怪物でも着物の女でもない。おどろしではなさそうだが、警戒は解かなかった。

「……誰や」

誰何《すいか》しても、男は答えなかった。拓真は鼓動が速くなるのを感じた。

男はただ立っているだけで、何も言わない。……妙だ。もしや人影に見えるだけの何かかと拓真は思い、おそるおそる近づいてみる。

男は上半身が裸だった。締まりのない身体のシルエットが夜の森に浮かんで見える。

仕方なく、拓真はスマートフォンのライトを点《つ》けた。

その顔が見えて——先に反応したのは、祐希だった。

「トシ……さん？」

「え？」

拓真は祐希を振り返った。その顔に驚愕《きょうがく》の表情を認めて、前に向き直る。

男の年齢の割に白髪の少ない髪は濡《ぬ》れそぼち、泥がついていた。身体はだらりと脱力している。表情はなく、虚《うつ》ろな目はどこを見ているかわからない。

　拓真は、その人物に声をかける。

「杉坂課長？」

　そこにいたのは――上司の杉坂敏郎《としろう》だった。

「……え？」

　祐希が当惑した様子で、拓真と杉坂の顔を見比べている。

「あれ？　何でお前が課長のことを知ってるんや？」

「か、課長って……会社の人なん？」

　そうだと答えると祐希は黙り込んだ。その様子に、何か隠し事があると拓真は察する。

「……課長、どういうこと――」

　と、杉坂に問い質《ただ》そうとした瞬間、彼の身体が勢い良く上昇し、光の中から消えた。

　あっと思い、拓真は反射的にライトを上にかざす。すると、バタバタと生温かい液体が顔に向かって飛んできた。

　木々の間に照らし出されたのは――杉坂の上半身だけだった。

　彼の身体は、腰から下がなくなっていた。拓真は一瞬でライトを向けたことを後悔する。

　闇に浮かび上がったのは、杉坂の凄絶《せいぜつ》な死体だった。

　異様に伸びた腹部の皮膚がだらんと垂れ、そこから腸と思《おぼ》しきものがＵの字に垂れていた。勢いよく浮かび上がったために中身がこぼれたらしく、暗闇にぼたぼたと生々しい音が響く。

「きゃあぁあああ」

拓真は祐希の身体を抱き寄せた。踵《きびす》を返して逃げようとしたとき、

うふふふふ……

木の上から、女の笑い声が降ってきた。

ライトを再び上に向けて――拓真は息を呑《の》む。

おどろしがそこにいた。二つの赤い目が、闇の中で爛々《らんらん》と輝いている。身体を覆うほどの黒く長い髪の毛が闇に溶け込み、髪の隙間から見えている女たちの顔面は、まるで宙に浮いているような錯覚を招く。やつは大量の腕で周囲の枝や幹にしがみつき、拓真たちを見下ろしていた。

その口から出ているのは舌ではなく、とりわけ太い一本の腕だった。その腕が、杉坂の首の後ろを持っている。やつは、杉坂の死体を釣り餌《え》にしていたのだ。

うふふ

みっけたぁ

きぃひひひひ

あははは

闇の裂け目に見える白い顔が、愉快そうな声を出す。その声は冷たい森に反響し、拓

真たちを震え上がらせる。彼我の距離は五メートルもない。

「に……逃げろ！」

祐希の手を引き、拓真はおどろしとは反対方向に走り出した。

だが、慣れない足場と狭い視界のせいで思うように進めない。木の根や溝に足を取られて、拓真は何度も濡れた地面に手をついた。それでも上体を起こして走り続ける。荒い自分の呼吸音が、他人のもののように思えてくる。

どれくらい距離を取れただろうかと考えた矢先、

うふふ

その声は、またもや耳元でした。

次の瞬間、両肩を挟むように摑まれ、身体が浮いた。抵抗する間もなく地面に叩《たた》きつけられ、頭を押さえられる。土が口に入り、苦い味が広がった。

何が起きたのかわからない。頭に冷たく重いものが乗っている。これはおどろしの手か。あの大きな手で押さえられているのか。

「お父さん！」

前方で転んでいた祐希が、地面に手を突いたまま振り返る。

「ぐ……祐希、逃げろ！」

土を吐き出しながら、拓真は叫んだ。斜めになった視界の中で、祐希は首を横に振る。

「や、やだ……やだよぉ！」

涙で濡れた顔を上げている。拓真の背中のおどろしを見ているのか。
何人もの女の声が聞こえる。
ひひひ
捕まえたぁ
逃げるなんて
うふふ
ひどいひと
声だけで、拓真をゾッとさせるには十分だった。やつの中には、美也の言うとおり、たくさんの遊女がいるのだ。
起き上がろうとするが、おどろしの力は強大でどうにもならない。波瀬や美也の戦いを見て何とかなるような気でいたが、やはり自分はただの人間なのだ。
獣の死骸《しがい》のような強烈な臭いが鼻をつき、拓真は顔を歪《ゆが》める。これを隠すために沈香を漂わせていたのだろうか——と考え、無意味な思考を振り払う。
このままでは、二人とも死ぬ。杉坂の無残な姿が目に浮かんだ。
そうはさせない。せめて、祐希だけでも——
そのときふっと頭が軽くなった。
ぎぃいああああああ
なぜか、化け物の叫び声が森中に響き渡った。

拓真は立ち上がり、祐希の手を取っておどろしから距離を取る。

振り返った先には——血にまみれた、背中があった。

「二人とも大丈夫っ？」

だが、美也の横顔は、凛々《りり》しさを失っていない。

ライトを向けると、闇の中で蠢《うごめ》くおどろしの姿が照らし出された。仁王立ちでおどろしを見据える美也の手には、闇を弾《はじ》くような銀の光を放つ刀が握られていた。

「だ、誰……？」

祐希が不安そうな声を出す。

「大丈夫。あの人は味方や」

拓真の声は、我知らず力強くなっていた。前方では美也が刀を構えている。

「よう。——おどろし」

低い声が、化け物の名前を呼んだ。そして、挑発するように続ける。

「出合い頭に悪いな。でも、お前の力を削るって言ったでしょ？——今の腕、何人分だったの？」

暗闇に浮かぶおどろしは、ただでさえ大きな目をさらに憎々し気に見開く。

髪の毛を業火の如く逆立たせ、岩のような歯を剝《む》き出しにしている。それは黒ずんだ赤に染まっていた。

だが、美也に怯《ひる》む様子はない。拓真にはその姿が、数時間前に記憶の中のおどろしに怯《おび》え切っていた人物と同一だとはとても思えなかった。

きっと――彼もまた、守るもののために必死なのだ。

お……お、お……

おどろしが、その口から獣の声を出す。

来るか、と思ったが、おどろしはそのまま動かない。

すると突然、やつはライトの円からバッと抜け出した。

しまった――拓真はその姿を追おうとする。だが、一瞬で見失ってしまう。闇雲にライトを振り回すが、髪の毛の先すら捉《とら》えられない。

まずい、暗闇から襲われたら――咄嗟《とっさ》に拓真は祐希を抱き寄せる。

けれども、聞こえてきたのは、美也が長い息を吐く音だった。

「大丈夫だよ尼子さん。……いったよ。もう気配がない」

そう言って、美也は短刀を収めた。

「い、いったって、消えたんですか？」

「ううん、一時的に身を隠しただけ」美也は肩に載った髪をかき上げて、「……実際に対峙《たいじ》してみて、あれのことがよくわかった。あれは、すごく臆病《おくびょう》なんだと思う」

「臆病……ですか？　あんな化け物が？」

拓真がその真意を問う前に、美也は祐希へと視線を移す。

「祐希ちゃん……だよね。大丈夫？」

キャップの下でにこりと笑う。

「あ……は、はい」

祐希は彼の美《び》貌《ぼう》に目を奪われているようだった。わずかな月明かりの下でも、美也の美しさは伝わるらしい。

「オレは、乃《の》木《ぎ》崎《ざき》美也。ちなみに、こんなカッコだけど男ね」

彼がキャップと一緒にウイッグを取ると、祐希は目を丸くした。しかしすぐに「あ、はい」と受け入れる。この世代は自分よりも考えが柔軟らしい、と拓真は驚いた。

「オレは尼子さん――お父さんに依頼されて、きみの家にいた女の幽霊を祓《はら》おうとしてる。この森は幽霊の棲《す》み処《か》で、呪いの力でオレたちはここに連れて来られた……って言っても信じられないかもだけど」

美也は頭をもとに戻しながら、

「きみも、きみのお父さんも――オレが助ける。だから、安心して」

そう言って、後ろ髪を払い、笑った。

すると、祐希の身体の震えが小さくなったのが、拓真にはわかった。拓真自身も段々と呼吸が落ち着いてくるのがわかる。店でも感じたが、美也の笑顔には人の目を惹《ひ》きつけ安心させる――そんな不思議な力があるようだ。これも霊能力の一種なのだろうか。

「――そのために、確認しないといけない」

美也はそっと、祐希の鎖骨あたりに触れた。スウェットの襟に指をかけ、さっと肌を露《あら》わにする。そこには、呪いのキスマークが刻まれていた。

……確定だ。祐希はやはり、呪われている。

すっと、美也の目が細くなる。

「祐希ちゃん。その痣《あざ》はね、幽霊に呪われた証《あかし》。あの幽霊の呪いは、キスで感染する」

「の……呪い？」

信じられないといった口調だった。

「そう。かかれば三日で死ぬ呪い。正直に答えて。……きみは杉坂とキスしたね？」

何を馬鹿な、と拓真は思う——だが、祐希はなぜか杉坂を知っていた。

「杉坂に呪いを感染《うつ》したのはオレ。人に呪いを感染《うつ》す、特別な呪いをかけられてる。金曜日に、オレも杉坂とキスした。向こうが待ち伏せしてて、無理やりされたんだけど。……祐希ちゃんも、そうなの？」

拓真は祐希の顔を見た。祐希はうつむいたまま黙っている、その瞳《ひとみ》は震えていた。

否定の言葉は出てこない。それが、美也の言うことが真実だと物語っている。

やがて、祐希はぼそりと言った。

「お……お金をもらって……デートしてたの」

弱々しい声。だが、拓真にとっては耳を突き破られるような衝撃だった。

「お酒飲まされて……ホテ、ルで、無理やり……。で、でも、キスだけやったから」

虚しい弁解も、拓真の耳にはほとんど届いていなかった。眩暈《めまい》に似た感覚があった。

比喩《ひゆ》ではなく、膝《ひざ》から崩れ落ちそうになる。
——それじゃまるで、売——
　喉元《のどもと》まで出かかった言葉を、拓真は呑《の》み込んだ。
　娘の愚行への悲しみも、杉坂への怒りも、気づけなかった自分への嫌悪も。
　全ては生き残り、この森から出た後でいい。
　すると、美也がやさしい声を出した。
「辛《つら》いこと思い出させて、ごめんね。ありがとう。……これで、状況はわかった」
　彼は周囲をさっと見回すと、ふっと短いため息をついた。
　そのとき、刀を握る彼の手が痙攣《けいれん》のように震えたのを、拓真は見逃さなかった。
　美也は震える手首を摑《つか》み、拓真たちに見えないようさっと自分の身体で隠した。
「……とりあえず先に、二人は森の外に出よう」

五

　美也の説明によると、おどろしは我が家と森との「つながり」を辿《たど》って来たのだという。その「つながり」の正体はまだわからない。

　尼子邸で不利を悟ったおどろしは、自分のホームに拓真を誘い込んだ。ぎりぎりのところで、美也もこっちに来られたのだ。

「……すみません。僕が、勝手に行動してしまったばかりに」

前を歩く背中に向かって、拓真は謝った。美也は振り返り、

「だから、尼子さんたちは何も悪くない。原因はオレで、元凶はおどろしなんだから」

気を遣っているわけではなく、本音でそう思っているようだ。

「それに、ここはやつにとってホームだけど……こっちもアウェーってわけでもない」

意味深なことを言い、美也は前に向き直る。

彼は裸足《はだし》だった。美也がスニーカーを祐希に譲ってくれて、拓真は元の自分の靴を履いていた。美也の負担を増やすことは本意ではないが、やはり成人男性用の靴では祐希が歩きにくそうだったのだ。……まぁ、美也も成人男性ではあるのだが。

裸足と言えど、美也の足取りは軽やかだった。聞けば、波瀬と共に山道を歩くことがあるので慣れているという。

森を出ても、呪われていてはおどろしからは逃げられない……そんな拓真の不安も、美也は拭《ぬぐ》ってくれた。家にいたときと病院にいたときでは、茉祐にかかった呪いの強さが違ったという。あの家にいればおどろしは三日もかけずにやってくるが、それ以外の場所なら、やはり三日間ほどの猶予があるはずだと。

「だから心配しなくていい。おどろしは、アキラとオレが今夜中に滅ぼす。あなたたちを注連縄《しめなわ》の外に出してからね」

そうとわかれば、一刻も早く森を脱しなくては。だが、逸《はや》る気持ちとは逆に身体の動

きは鈍い。森全体の空気が濡《ぬ》れた髪のように重く、妙に水分を含んだ土はねっとりと靴に粘りつく。

自分と祐希の、荒い息遣いが聞こえる。相変わらず森は不気味なほど静かだ。生き物はいないのだろうか。こんな深い森で虫の声すら聞こえないなんてあり得ないはずだ。

沈香の匂いも、獣臭も腐敗臭も、今はあまりしない。おどろしが遠いからだろうか。代わりに、木や草や苔《こけ》などが混じった濃厚な森の匂いがする。

拓真は頭を押さえた。頭痛がひどい。薄ら寒いはずなのに汗が出てくる。身体はどんどん怠《だる》くなっていく。この症状が何なのかと訊《き》くと、美也は「霊障」だと教えてくれた。凶悪な霊が醸す霊気は、生きている者に毒のような効果を及ぼすことがあるという。

そのため、足取りは遅々として進まなかった。深い森の景色がどこまでも続き、まるで同じ場所をぐるぐると回っているかのような錯覚に苦しむ。見上げれば木々の間に月が見えるが、何の道しるべにもならない。

どれくらい歩いただろう。五分か、十分か……あるいは一分も経っていないかもしれない。代わり映えのない景色に時間感覚が狂わされている。もはや拓真は油断どころかぼんやりとし始めていた。

「おどろしは……どこにいるんでしょうか」

沈黙の行進に耐えかね、拓真は口を開く。

「この森にはいる。あいつはここから出られないから。身を隠しているけど……こっちのことはじっと見てる。今このときも」

　拓真は、訊いたことを後悔した。

「あいつの狙いは、尼子さんたち。……オレも気配を探りながら威嚇し続けてるけど、二人も油断しないでほしい」

　そう言えば、やつは美也のことはあまり襲おうとはしない。せいぜい背中を噛《か》んだくらいだ。あのときに致命傷を与えることもできたはずだが、呪いを感染させる美也はやつにとって有益な存在だからか。加えて、波瀬の刀を恐れているのかもしれない。

「波瀬さんは……無事やろうか……」

　何の気なしにこぼした言葉を、美也が拾った。

「無事だよ……絶対」

　強い言葉に対して、彼の声は頼りなかった。

「アキラが死ぬはずない。……死んでいいわけない」

　何も履いていない足で、けれども美也はどんどん前に進む。

「あいつは、小さい頃からたくさんの霊山を踏破してきた山伏なんだ。まだ若いけど、〝風呼び〟だってできる」

「かぜよび？」

「……オレもまだ見たことない。何でも、山の神様を呼ぶ……とか。修験道の奥義で、厳しい修行を何年もこなした人でも、できるのはひと握りだって言われてる」

神を呼ぶ……そんなことが本当にできるのだろうか。それも、あんなに若い、飄々《ひょうひょう》とした男に。というより、そんなことができるなら、なぜ波瀬は未《いま》だおどろしを放置しているのだろう。拓真は、本当に波瀬が生きてこの森にいるのか、不安になってきた。

「でも、アキラはやさしすぎる。そのせいで、ずる賢い霊に対して余計に手こずる。……だからこそ、あんなに強いのかもしれないけど」

美也の声は、どこか羨《うらや》んでいるようにも聞こえた。

「もしかしたら……おどろしも、できるだけ苦しめずに祓《はら》おうって考えてるのかも」

まさか、と拓真は口の中でつぶやいた。だが、波瀬の考えることは正直わからない。

――必要以上に苦しませようと遊ぶかもしれん。

――そういう危険があるから、僕にとっては過去最強なんです。

あれは、やさしさゆえの言葉だったのだろうか。

我を失うかも、ということではなく、楽に成仏させてやれないかも、という意味の。

ふと、何か硬いものを踏んだ感触があった。

拓真は足元を見る。すっかり闇に慣れた目に、黄ばんだ白い棒のようなものが映る。

骨だと気づいたのは、数秒経ってからだった。

見ると、あたりには夥《おびただ》しい数の骨が散らばっていた。暗闇の中、月の光を受けてぼうっと光っている。散乱する骨の中心には、車ほどの大きさの空間があった。その空間には草が生えておらず、柔らかな土が露出している。拓真は鼻が曲がるような悪臭に耐えるのに必死だった。祐希も口と鼻を押さえて涙ぐんでいる。

「こ……この骨は……」

拓真の声は震えていた。脳裏をよぎったのは、先ほど見た、杉坂の死体だ。

「人骨だと思う。……おどろしの呪いの犠牲者だ」

啞然《あぜん》としたように、美也は言った。

やはり。拓真は顔をしかめる。これまでどれだけの人がやられてきたのだろう。

草の生えていない空間は、やつの寝床だろうか。よく見れば、その辺りの土だけが真っ黒だ。恐らく、犠牲者の血を吸っているからだろう。拓真は戦慄する。もしかしたら、自分や祐希、茉祐も、ここら一帯の骨の一部になっていたかもしれない。

いや、これからそうなる可能性だって、十分にあるのだ。

美也と、そして、どこかにいるであろう波瀬が、おどろしに負けたときは。

耐えられなくなったのか、祐希が「うっ」と静かに嘔吐《おうと》していた。液体が地面を叩《たた》く音が森に響く。拓真はその背中をさすってやる。

「あかん――ミヤさん、もう」

拓真はそう言って、美也の方を向く。

彼はしゃがみ込んでいた。つられて戻してしまったのかと思いきや、彼は膝《ひざ》をついて手を合わせていた。

「……ごめんなさい。必ず後で、供養にきます」

そうつぶやきながら。

責任を感じているのだろう。自分が呪いを広め、これだけの人を巻き込んだことに。

「ミヤさん」

美也は立ち上がる。背後からでも、目元を拭う仕草がわかった。

「いこう……夜明けまでに終わらせてやる」

振り返った彼の瞳《ひとみ》は、その手にある銀の刀と同じ、鋭い光を宿していた。

六

三人は、再び歩き出した。

スマートフォンの時計を見ると、森についてから四十分ほどが経過していた。暗闇で、かつ歩きにくいこと、そして化け物に狙われているという重圧が精神を磨耗させ、延《ひ》いては体力を奪っていく。

拓真の後ろを、祐希が無言でついてくる。その手は弱々しく拓真の手を握っている。確か、今日は元々体調が悪くて学校も休んでいたはずだ。かなりしんどいらしく、ぜえぜえと呼吸が乱れている。

「ミヤさん。この森って……結構広いんですか？」

拓真の問いに、美也は前を向いたまま答える。

「どうかな……もうすぐ注連縄が見えてくると思う。何となく、感覚でわかる」

「祐希。もうちょいや、がんばれ」

「う、うん……」

祐希の表情は虚《うつ》ろだ。相当、心身共に消耗している。

だが、消耗という点で言えば、美也が一番きついはずだ。前を歩く彼だが、木に寄りかかって休む場面が増えてきている。振り返ってこちらを確認するときも、目つきはどんどん険しくなっていた。拓真たちに気を配りつつ、おどろしにプレッシャーを与え続けるのは、どれほどの重労働なのだろう。霊能力者でもない拓真には計りかねる。

気になるのは、さっきも見た彼の手の震えだ。

幼い頃のトラウマは、そう容易《たやす》く克服できるものではない。今は拓真たちと波瀬を助けるという使命感と責任感で誤魔化せているようだが、森が呼び起こす忌まわしい記憶は、少しずつ美也を蝕《むしば》んでいるはずだ。

「ご……ごめん」

祐希が足を止めた。拓真も立ち止まり、美也に声をかける。

近くの木にもたれると、祐希は深呼吸をした。ひどい汗だ。顔色は青を通り越して白い。まだ吐き気がするのか、胸を押さえて苦しそうに目を閉じている。

「おんぶしたる」

拓真は言ったが、祐希はかすかに首を横に振った。

「ううん……大丈夫。自分で……歩ける」

せめて水でもあればいいのだが、川が近くにある気配もない。よしんば水辺を見つけたとしても、この森の水など飲みたがらないだろう。

見ると、美也もまた木に片腕をついて項垂《うなだ》れている。こっちに背中を向けたままなのは、恐らく辛《つら》そうな表情を見せないためだろう。その足が震えているのを、拓真は見て見ぬふりをしなければならなかった。

「お父……さん」

祐希がかすれた声を出した。拓真は振り向く。

「どないした？」

「……ううん、何でもない」

祐希は目を伏せる。何か言いたいことを我慢しているようだ。しかしそれは体調のことではなく、さっきの——杉坂とのことではないかと拓真は何となくわかった。

「祐希。今は、生きて帰ることを考えよう」

そう言って、祐希の頭に手を置いた。

「戻れたら、いくらでも話、聞くからな。いや、聞かせてくれ」

「……うん」

祐希は少しだけ笑った。

前に向き直って——拓真は、我が目を疑った。

美也の破れたストライプのシャツの背中。その肩甲骨あたりに、赤い唇があった。

黄色い歯を剝《む》き出しにし、舌をだらしなく垂らしている。

それが、ニタリと笑いかけてきた。

拓真はすぐに美也に知らせようとした。だが、開こうとした口を何かに塞《ふさ》がれる。

「……っ!」

口を塞いでいるのは、祐希がもたれている木の裏から現れた腕だった。腕はわらわらと増え、拓真の口と腕の自由を奪う。祐希も、いつしか腕と足を摑《つか》まれている。

祐希が目を見開いて助けを訴えている。

(しまった……!)

だが、五、六本の腕でがんじがらめにされて呼吸すらままならない。

爪の先が、顔や頭に食い込んで痛い。

眼球を動かして美也を見る。彼はまだ気づいていないらしく、背中しか見えない。

彼は顔を上げて、遠くの何かを見ているようだ。

その背中にある口は端が裂けていき、どんどん大きくなる。ついにそれは、美也の背中いっぱいに広がった。あは——と笑みを浮かべている。

何かする気だ。拓真はポケットのスマートフォンを取り出そうとする。だが、手首を摑んでいる腕がそれを許さない。

(あかん……い、息が)

祐希の白い顔が段々と赤くなっていく。きっと自分も同じはずだ。

落ち着け。拓真は思い出す。波瀬の言葉を。

思いの力比べ。

手首を摑む腕の力は恐ろしいほどだが、自分は一度これに勝っている。

思え。助かりたいと。助けたいと。

ぐぐ……と腕が動いた。ポケットに指先が入り、スマートフォンに触れる。さらに力を込める。不思議だ。身体が一瞬で鍛えられたみたいに、やつの腕の力に対抗できている。

スマートフォンを手探りで操作し、ポケットから落とす。

白いライトが、パッと森の闇に投げつけられた。

当然、美也が見逃すわけはない。彼は振り返り、すぐさま短剣を抜いた。

おどろしの腕は木の裏へ引っ込もうとしたが、下から斜め上に閃《ひらめ》いた銀の太刀筋から逃れることはできなかった。

「大丈夫っ？」

美也が慌てて二人に声をかける。拓真は大きく息を吸い、

「だ……大丈夫。祐希、無事か？」

祐希はずるずると樹皮に背中を擦《こす》りながら座り込み――声を殺して泣き出した。今ので恐怖がピークに達したようだ。無理もない。拓真とておかしくなりそうだった。

「……ごめん。今のは、正直……気づかなかった」

「今……ミヤさんの背中に」

「……うん、背中をかじられたときに、入り込まれたみたい。大丈夫。今はもう、身体の中にあれの気配はない。……それより」

美也は、さっきまで見ていた前方を指さした。拓真はスマートフォンのライトを向けてから、その指さす先を見る。

それまで視界を覆うように立っていた木々が、途絶えている。

拓真は目を細めて、じっとその景色を見た。

――森の終わりだ。出られるのだ。

歓喜の声をあげそうになるのを堪《こら》え、祐希に伝える。

「祐希、着いたで。出られるんや」

「う、うう……ほんまに……？」

祐希は泣くのをやめ、潤んだ瞳に希望の光を宿した。拓真は力強く頷《うなず》く。

恐らく、今のがおどろしの最後の奇襲だったのだ。森の外れに近づいた自分たちに焦り、仕掛けてきた。だが、それも追い払った。

自分たちは、勝ったのだ。

拓真は祐希の手を取った。立ち上がり、美也に早く出ようと促そうとして――

彼の表情が、困惑しきっているのを見た。

その理由を知ったのは、森の外に出てからだった。

七

森の外へは、あっさりと出られた。

警戒していたが、森を出るときにおどろしが襲ってくることもなかった。

だが――三人に笑顔はない。ただ茫然《ぼうぜん》と、仄《ほの》かな月明かりに浮かぶ景色を見ていた。

切り株が並んでいた。人間の股下《またした》あたりで切られた木々が、頭部を切り落とされた蛇のような不気味さをもって、その切断面を晒《さら》している。拓真は足元にある切り株をライトで照らした。中心部分が黒茶色の渦を巻き、それ以外は白い。

向こうには、丸太が積み重ねられて放置されている。

どう見ても、人の手によって伐採が行われた跡だった。

「……これって」

予想もしていない光景に、拓真も困惑を隠せない。森を囲っているはずの注連縄《しめなわ》もなかった。

ということは、ここはまだおどろしの森の内側なのだろうか。

だが、木は伐採されている。人の手が加わっている。

ここは――おどろしがいる、禁足地の森ではなかったのか。

答えを求めて、拓真は美也に視線を送る。しかし、美也はその場にいる誰よりも戸惑っているようだった。

「何で……」

立ち尽くしていた美也は、糸が切れたようにその場にへたり込んだ。

顔を覆って、「そういうことか」と独りごちている。拓真はわけがわからない。

「どういうことなんですか？　これは」

「……森の封印は、とっくに解かれてたんだよ」

美也の口調は、投げやりになっていた。

「多分――賀来楽がなくなって……森はどこかに買い取られたんだ。もうここはただの伐採地で、神域じゃなくなったんだよ」

「ば、伐採地って……」

疑問がいちどきに湧いて、拓真はかえって何も言えなくなる。

「今わかった。何で、呪われてもない尼子さんの家に、おどろしが現れたのか」

美也は、すっと丸太を指さした。

「あの家には――おどろしの森の木が使われてたんだ。この森の木で造られてたんだよ。だから、おどろしはつながることができた」

拓真は、瞬時に不動産の営業が言っていたことを思い出した。あの家には、国産杉が使用されていると。

その杉はまさしく、この森の――おどろしの森が原産のものだったのだ。

つまり、最初から……自分たちが住む前から、あの家はおどろしのものだったのだ。

おどろしからすれば、勝手に住み着いたのは拓真たちなのだろう。

足下が崩れるような感覚に、拓真は眩暈《めまい》がした。美也と同じくその場にしゃがみ込む。

「お父さん」祐希が肩に手を添えてくれるが、何も言う気になれない。

そのとき、誰かがこちらに向かって歩いてくる気配がした。ざ、ざ、という人間の足音だ。今度は何だ。拓真は立ち上がって祐希を背中に隠す。美也は刀を握り直している。

白い光が見えた。

現れたのは——スマートフォンのライトをかざした、波瀬アキラだった。

白かった服は、泥と血と思《おぼ》しき赤で汚れていた。顔の右半分に大きな裂傷が走っており、目が開けられなくなっている。血がべっとりとついているが、それでも彼は穏やかに笑っていた。

「ア……キラ……！」

美也はよろよろと立ち上がると、ほとんどタックルの勢いで波瀬に抱き着いた。

「よかった。よかった……！」

その声は泣いていた。波瀬が生きていて、心から安堵《あんど》したのだろう。拓真は思わず、目頭が熱くなった。

隣では祐希が「誰……」とつぶやいていた。拓真は、「美也さんの恋人で、化け物退治を依頼した霊能者や」と簡単に説明する。

「心配かけてごめんなぁ、美也」

波瀬は美也の背中をぽんぽんと叩《たた》き、拓真を見た。

「尼子さんもすみません。えらそうなこと言うたくせに、この体たらくで」

相変わらずのんびりとした口調で言う。血だらけの姿には似合わない、和やかな笑顔がそこにあった。

おどろしに捕まってからのことを、波瀬は簡単に説明した。彼はやはり気づいたらここにいて、ずっと森の中を彷徨《さまよ》っていたのだという。途中、何度かおどろしの――波瀬曰《いわ》く〝切れっぱし〟が襲いに来たが、刀のない波瀬はそれをのらりくらりと退けながら、森を探っていたらしい。

その手には、土にまみれた太い縄が握られている。

「それは……」

「ああ、これは、この森を囲っとった注連縄ですよ」

彼はそれをつまらなそうに持ち上げ、「もう何の役にも立ちませんが」と放り捨てた。

「ここら一帯を見ればわかりますが、とうの昔に注連縄は切り落とされて、封印はなくなってます。恐らく、業者が何の気なしに切ったんでしょうね。怖いもん知らずですよ、今の人らは」

波瀬の声には、怒りと悲哀が入り混じっていた。

かつて神域として崇《あが》められ畏《おそ》れられた森も、人間がいなくなれば住宅用の木材貯蔵庫扱いだ。

「でも、波瀬さん。ということは……」

　拓真が言いかけたことを、波瀬が引き取った。

「はい。おどろしはとっくのとうに、自由の身です。どこでもいつでも、人間を喰《く》い殺しにいける。美也の呪いに頼らんでもね」

　何でもなさそうな波瀬の口調だったが、言っていることは深刻だった。未《いま》だに森に閉じ込められていると思われていたおどろしは、実は無信心な人間の手によって封印から解き放たれていたのだ。

　絶望しかけた拓真だが、すぐにその話の矛盾に気づいた。

「でも、おどろしは森にいます。それに……呪いの法則《ルール》に則《のっと》って人を襲ってる」

　おどろしが美也に呪いをかけたのは、森から出られないやつが標的との「つながり」を持つためだ。森の木が使われているあの家なら、遠くからでも干渉できるように——「つながり」があれば、遠くの人間を森へ連れ帰ることができる。

　だが封印が解けて自由に動けるならば、野生の獣のように好きなときに狩りを行うはずだ。あの家が建ったのは今年の三月。そうすると封印が解かれたのは、もっと前になる。なぜ、おどろしは未だに森に居座り、美也の呪いにすがっているのだろう。

　答えを発したのは、美也だった。

「それは、おどろしが臆病《おくびょう》だから」

彼は、元の凜《りん》とした表情に戻っていた。けれど、その手はまだ波瀬の服を摑《つか》んでいる。

「あいつはきっと……怖いんだと思う。森から出るのが」

「でも……ずっと森から出ようとしてるんですよね？」

拓真の反論に返したのは、波瀬だ。

「尼子さん。僕もそう思とりました。遊女の言い伝えから、あいつはこの森から出たくてたまらんと。けど、そうでなかったのかもしれん」

細い顎《あご》に手を当てて、波瀬は考えている。

「人間でも、刑務所から出たがらん輩《やから》がおるでしょ。居心地がようなってしもてね。同じですよ。三百年以上前から森に閉じ込められとるおどろしにとっては、外の世界の方が畏怖《いふ》すべきもんになっとるのかもしれません」

筋は通っているが、あの化け物にそのような感情の機微が存在するのか、拓真には疑問だった。しかし、おどろしの正体が遊女たちの怨念の塊だと考えると、人間としての感覚や、一見矛盾した考え方があっても当然なのかもしれない。

そうか——と拓真は気づく。美也たちは、あんなに人間離れした姿のおどろしでも、「人間であったこと」を忘れていないのだ。

「やからこそ、今、やつを滅ぼさないとあきません」

波瀬は、低い声を出した。

「今は恐怖心が勝っとっても、いずれおどろしは森の外に出る。そのときに大きな犠牲を出さへんように、斃《たお》しておかないとあかんのです」

その意見には、拓真も賛成だ。

「やから、尼子さん。申し訳ないんですが——あと少し、ご協力いただけませんか」

いきなり水を向けられて、拓真は、へ、と間抜けな声が出てしまう。

「きょ、協力って」

波瀬は、初めて困ったような笑みを見せた。

「やっとの思いで森を出たところなんですが……僕らは、おどろしを斃すために森に戻ります。そこに同行してもらいたいんです。できれば、娘さんも」

「何のために？」

「有り体に言えば、餌になってもらいたく」

爽《さわ》やかな表情で、とんでもないことを言う。

「て言うても、ほんまに食べさせる気は毛頭ありません。お二人は守ります。ただ、僕らだけよりも、呪われとる人間が多く集まった方が、おどろしを引き寄せやすい」

その理屈は、美也からも聞いたものだ。

「今回は確実にやつの本体を誘い込みたいんです。切れっぱしやなくて、あの髪の毛まみれの本体を」

「本体を呼んで……それからどうするんですか？」

波瀬はにこにこと笑いながら、彼自身を人差し指でさした。

「僕が斬ります。一撃でね」

そんなことができるのかと疑問が湧いたが、拓真はさっきの美也の言葉を思い出した。

「〝風呼び〟ですか？」

波瀬は、おやっという顔をした。

「美也から聞いたんですね。……そうです。ただ、それをやるにはえらい集中力がいるうえに、僕は一発で動けなくなります。やから、確実に仕留めたいんです」

どんなものか知らないが、激しく消耗する技らしい。それなら無駄撃ちはできない。

拓真は祐希を見た。彼女はほとんど生気のない顔をしている。心身の疲労はピークのはずだ。

だが、ここに残ったところで安全とは言い難い。むしろ、臆病なおどろしならば、確実に襲えるこっちを狙うだろう。つまりどのみち、拓真たちは波瀬たちについていくしかないのだ。

「――……大丈夫。いく」

声をかける前に、祐希は自分から言い出した。

「気になってたことがあるから」

続けてそう言った。気になっていること？

「呪われたら……その、おどろしが見えるようになるんやろ？　あたしもそうやった。トシさん……杉坂さんも。……でも、あともう一人いたん」

祐希の告白に、波瀬と美也は顔色を変えた。拓真も、緊張して祐希の言葉を待つ。

「クラスメイトで、アイカって子。杉坂さんが先週の土曜日に会って——ヤ、ヤったって言うてた。多分、キスもしてると思う」

拓真は瞑目《めいもく》した。いったい、杉坂は何人の子供に手を出していたのだろう。

「それがほんまなら、今日が呪いの執行日ですね」

波瀬が言う。拓真は祐希の両肩を摑んだ。

「そうか。その子のこと、助けたいんやな？」

即答が返ってくると思いきや、祐希は苦い表情を浮かべて黙っている。

「……どないした？」

「……わからんの。その子のこと、あたしは……恨んでるから」

どうして、と訊《き》く前に、祐希は二の句を継いだ。

「アイカは、トシ——杉坂さんとグルになって、あたしをハメたの。パパ活に誘導して、杉坂さんにあたしを襲わせやすくするために」

「……何やって？」

衝撃的な告白に、拓真の顔は険しくなる。抑え込んでいた怒りが再燃した。

「お父さん、ごめんなさい」

祐希は、拓真に頭を下げた。

「あたし……お金足りなくて。友達と一緒にいて、惨めな思い、したくなくて」

その手は、小刻みに震えていた。

「お父さんたちには、言えなかった。そのときに、アイカに誘われたん。でも、やるって決めたんも、続けるって決めたんも……あたしやから」

そう言って、辛《つら》そうに目を伏せた。

「そっか。……お父さんも、気づけなくて、ごめんな。ちゃんと祐希と向き合えてなかったよな」

束縛しないでいよう、うるさく言わないでおこう。そんな気持ちが、かえってこの子を不自由にしていた。少なくとも、〝父親を頼る〟という選択肢を奪っていたのだ。ずっと守っているつもりだった。娘のことなど何もわかっていなかった。今だって、悩む彼女に何と言ってやればいいのかわからない。

すると、美也が祐希の前にしゃがみ込んだ。

女性のような綺麗な手が、祐希の頭をやさしく撫《な》でる。

「美也……さん？」

「大丈夫だよ」

祐希の頬に伝う涙を、美也はそっと親指で拭《ぬぐ》った。

「何であんなやつ、助けないといけないんだろって……思うよね。——オレも同じ。呪われたり取り憑《つ》かれたりしたやつなんて、自業自得、放っておけばいいって思ってた。でも自分なら、もしくは誰かに頼れば……助けられたかもしれないのに」

「……美也？」

波瀬は、戸惑いと心配がない交ぜになった顔をしていた。

「ごめん。アキラも聞いて」

美也の視線を受け止めた波瀬は、無言のまま頷《うなず》く。

「ありがとう。……ダメだって言ったのに、無理やりオレにキスして呪われて、おどろしに殺された連中を思うと、〝ざまあみろ〟って、胸がすっとした。天誅《てんちゅう》を下してやった気にすらなった。自分にかかった呪いが、不幸が、ちょっとだけ軽くなったような」

だけど、と美也は続ける。

「だけど――逆なんだ。呪いはむしろ重くなってた。犠牲が出るたびに。誰かを見捨てるたびに。……そんなことしたって、オレ自身は一つも、幸せになってないのに」

美也は、真っ直ぐに祐希の目を見つめる。

「だからうまく言えないけど――祐希ちゃん、自分で自分に呪いをかけるようなこと、しないでほしい」

祐希は、ゆっくりと目を見開いた。

「……っ」

数秒の沈黙があって、ぽつりと言う。

「ほ――ほんまは、助けたいと思わないけど……でも、助けるべきやと思う」

彼女は目元をごしごしと拭った。

「……やって、アイカにも、きっと、待ってる家族がおるから」

美也が笑う。波瀬も、安堵《あんど》したような笑みを浮かべている。

拓真は、涙をこらえて言う。

「そやな。……いこか。祐希」

祐希が頷く。

それは、これまでに見たことのない、少し大人びた顔つきだった。

八

「〝呪い〟いうんは要するに——〝つながり〟なんです。他者との、強制的なね」

再び森に入る前に、波瀬は説明を始めた。おどろしを呼ぶための心構えだという。

「つながり……」

「そう。中にはカラーボールをぶつけるみたいに、単発で終わるやつもあるんですが、そういうのは短期的に苦しめるだけでそない怖ない。気ぃつけなあかんのは、今回のおどろしみたいに、無理やりつながりを持たせる呪いです。たとえば、たまたま通りかかった人に家の外から盗み聞きされるより、家の中に盗聴器仕掛けられて、電波通じてずーっと盗聴されとる方が怖いし厄介でしょ？」

前も思ったが、唾《つば》だったりカラーボールだったり盗聴器だったりと、波瀬の喩《たと》えはたまに独特だ。得々とたとえを多用して話すのは、サービス精神が旺盛《おうせい》なためだろう。

「けど、盗聴器仕掛けられたら、物証があるから犯人を追いやすい。同じです。おどろしの呪いも、僕らから手繰ってやつを引き寄せられる」

波瀬は笑顔で、綱引きのようなジャスチャーをした。

「具体的には、あいつのことを考えればいい」

波瀬の説明を補足するように、美也が口を挟んだ。

「森に入った後は、ずっとおどろしを心の中で呼ぶ。そうすれば、あいつの本体も一部も強制的に集められる。オレたちが森に連れてこられたときと一緒の理屈」

「怪談しとったら、ほんまもんのお化けを呼ぶってよう言うでしょ。同じです」

波瀬は、美也から銀の短刀を受け取った。

「ほなら、いきましょう。……大丈夫、一瞬で終わりますよ」

拓真たちは、波瀬のその言葉を信じるほかなかった。

森にたった一歩足を踏み入れただけで、空気が変わった。

月光は弱まり、代わりに湿り気のある闇がその濃度を増す。一瞬にして肩が重くなり、拓真は思わず自分の肩を掴《つか》んだ。

まるで、淀《よど》んだ水の底にいるかのようだ。

苔《こけ》と草の生えた柔らかい地面から伝わる感触は、死《し》骸《がい》の上を歩いているみたいだ。実際、今まさに足を置いた場所で、絶命した遊女やおどろしに呪われた人がいたかもしれない。森は生命の宝庫と言うが、この森は違う。

ここは、冷たい檻《おり》の中だ。

格子が破れたにも拘《かか》わらず、化け物を飼い続ける——忘れ去られた檻だ。

拓真と祐希は手をつなぎ、徐々に歩く速度を速める。後ろにいる美也たちと距離を開けていく。おどろしが狙いやすくするためだ。

おどろし……来い……おどろし、来い……

言われたとおり、頭の中でおどろしを呼ぶ。

まさか、あれほど恐れていた化け物を自ら呼ぶことになるとは思わなかった。名前を呼ぶたびに、やつの姿が頭をよぎる。顔の中心で光る、赤い二つの目。巨大な口と、髪に埋もれた女たちの笑み。

——本当に大丈夫なのだろうか。拓真は後ろを振り返る。美也たちとはかなりの距離ができていた。あんなに遠くにいて守ってもらえるのか。おどろしが闇の中からいきなり現れて、頭部を齧《かじ》り取られでもしたらどうするのか。

いや……信じろ。迷いはきっと悪い結果を呼ぶ。ここまで来たら、なるようにしかならないと開き直るしかない。

つないでいる手がかたかたと震える。だがそれは拓真ではなく、祐希の震えだった。

それでも、彼女の目は、眼前の闇に負けずに輝いていた。

拓真の視線に気づくと、祐希は唇をゆっくりと動かす。

——こわないよ。

それから、ぎゅっと拓真の手を握り直す。

——おとうさんがおるから。

二度目の声は、隣にいる祐希が発したものではなかった。あれは遠い昔、まだ小学校にあがる前の祐希と、夕暮れの帰路についていたときだ。

公園から家までの帰り道、電車の高架下を通り抜けなければならなかった。けれど、祐希はいつもそこを嫌がった。電灯がなく、電車が時折上を通る轟音《ごうおん》が怖かったらしい。高架下が近づくにつれ、祐希は言葉少なになり、やがて足を止めてしまう。いくら拓真が「怖くないで」と言っても、彼女は嫌がり、最後は大きく遠回りをしなければならなかった。

だけど、ある日、祐希は自ら高架下に進んだ。

——こわないよ。おとうさんがいるから。

そう言って、小さな歯を見せて笑った。

あのときのことを、思い出したのだ。

二人は無言で森の中を歩き続けた。ゴールはない。海の中を漂う釣り餌《え》の気分で、おどろしが現れるのを待つしかない。

そして、そのときは突然訪れた。

――うふふふふ

耳障りな笑い声が、森の中に響く。

来た。

すると、祐希が足を止めた。拓真は、その目が見つめる先を見る。

闇の中に――極彩色の着物を着た、あの女がいた。

木のそばで、そいつはしなをつくって立っている。あたりは薄闇に包まれているというのに、女の姿ははっきりと目に映る。深い森の中に立つ煌《きら》びやかな恰好《かっこう》の遊女は、悪夢のように超現実的な不気味さをもって、拓真の精神に食い込んだ。

毒々しく紅いその唇が、にたりと笑った。

――旦那《だんな》さん

ぽつりとそんなつぶやきが聞こえたかと思うと、別の遊女が闇に浮かんだ。微妙に着物の柄が違う。顔の違いは遠くてわからないが、別人のようだ。だが、おどろしの一部であることは間違いなかった。

あちこちから、女の声が聞こえてくる。

うふふ

あははは

きたぁ

うひひひ

声がするたびに、闇に浮かぶ遊女の数が増えていく。まるで灯籠《とうろう》に火が灯《とも》されるように、ぽつぽつと色彩豊かな着物が暗闇に映える。同時にかすかな木々のシルエットさえ塗り潰《つぶ》すような闇が、ガスのように充満し始めていた。

「お父さん」

祐希が怯《おび》えた声を出す。二人は身を寄せ合って、ますます濃度を高める闇を見つめるしかない。

うふ……ふ……ふふ

振り返った拓真には、後方にいたはずの美也たちが見えなかった。遠近感の摑めない闇が視界を支配している。どこにいったのか、あるいは自分たちがまたどこかに連れ去られたのか。

そのとき、闇の一部が波打つように動いて——拓真は気づいた。

これは——髪だ。

おどろしの髪の毛が、空間ごと自分たちを覆っているのだ。

闇に浮かんでいると思われた遊女たちは、髪の中から姿を現している。

あはははは

髪の毛でできた壁は、渦を巻くように動いている。ごうごうと、豪雨のときの川のような音がしている。壁はじりじりと、中心にいる拓真たちに迫ってきているようだ。

うふふふ……

最《も》早《はや》数え切れない人数の遊女が、拓真たちを見下ろしている。彼女たちは全員、この森に捨てられた廓落の遊女なのだ。

何もかもが現実とは思えない。これがただの悪夢なら、どれだけ幸せだろうか。

「う……ぐ……」

祐希が苦し気な声を漏らし、膝《ひざ》から崩れかける。拓真はその身体を支えた。

「祐希、大丈夫か」

「身体が……重いっ……」

それは拓真も感じていた。まるで肩を押さえつけられているかのようだ。立っていられない。悪寒が走り、全身ががたがたと震え出す。

何よりも問題なのは、波瀬たちとコンタクトが取れないことだ。作戦はどうなったのだろう。そもそも、二人は無事なのか。おどろしの霊体は完全に集めることができたのか——何もわからない。

「ああっ！」

祐希が声をあげた。その姿が闇に取り込まれる。

いや、違う——大量の黒い髪が、彼女の身体に巻きついているのだ。

うふ、ふふひぃははははは！

祐希の頭上で、巨大な女の顔面が裂けた唇で笑っている。続けて、大小様々ないくつもの女の顔が祐希の周囲に浮かび上がった。

「お父さんっ！」

「祐希！」

拓真は祐希の手を握り、髪の中から引っ張り出そうとする。だが、おどろしの髪は祐希の身体に蛇のように絡みついて離れない。それどころか、祐希の身体を経由して拓真の腕にまで迫ってくる。

それでも拓真は、祐希の手を離さなかった。

「ああああ！」

ありったけの力で祐希を闇から引き抜くと、ぶちぶちと髪が千切れる音がした。拓真は祐希の身体を庇《かば》うように地面に転がる。その首に、しゅるりと太いものが巻き付いた。

しまっ――

瞬間、経験したこともないような力で首が絞められる。拓真は辛《かろ》うじて意識を保った。しかし、それもいつまでもつかわからない。

「ぐ、が……っ」

気道から息が漏れる音が、闇に吸い込まれる。

「お父さんっ！」

腕の中で、祐希が泣き叫ぶ。必死に首に巻きついた髪を外そうとしているが、彼女の声すら遠のいていく。目の前の闇にぼんやりと浮かんだのは、おぞましいおどろしの顔だ。濡《ぬ》れたように黒い光沢を放つ髪と、真っ赤な目と唇。

それが、笑いながらゆっくりと近づいてくる。

う、ひひ、ふ、ふふ、ふふふ……

もうだめだ。

拓真は最後の力を振り絞り、祐希を抱き締める。

――せめて、祐希だけでも……

視界がかすみ、おどろしの顔すら見えなくなる。

しゃん、と涼やかな音が聞こえたのは、そのときだった。

刀の柄《つか》についた輪の鳴る音だ。鳴らしているのは、波瀬たちに違いなかった。

彼らが無事であることを、知らせてくれている。

しゃん

しゃん

清浄な音は一定のリズムで繰り返される。

すると、首を絞める髪の力が弱まった。女の顔も消えている。

拓真は首の髪を引きはがし、何とか立ち上がる。

空間を取り巻く髪の毛が消えていき、遊女たちが次々と姿を隠していく。

おお……お……お……

濁流の音に紛れて聞こえたおどろし本体の声を、拓真は聞き逃さなかった。

やつはまだここにいる。間違いない。

外にいる波瀬たちに伝えなければ。けど、どうやって？

空気はどんどん重くなっていく。身体は柔らかな土に沈んでいくようだ。

そのとき拓真の耳に、あの重低音の声が届いた。

——波瀬だ。髪の壁の向こうで、彼が呪文を唱えている。

すると、黒い壁にぽっかりと穴が開いた。その穴の向こうに、波瀬が立っている。

その顔にもはや笑みはない。二つの瞳《ひとみ》は、手にしている銀の刀とよく似た冷たい輝きを放っている。

おぉおおぉぉおおぉおお！

おどろしの絶叫が、鼓膜をびりびりと震わせる。

その声を合図に、突出した髪の毛の束が触手のように、勢いよく波瀬に向かっていく。

だが、波瀬の近くに寄ると、髪の毛の大群は一瞬にしてバラバラになった。

呪文の声が大きくなり、おどろしの髪の壁に開いた穴はますます大きくなっていく。

耳を塞《ふさ》ぎたくなるような女の悲鳴があちこちから聞こえる。狂ったように繰り出される髪の触手たちは、やはり波瀬に触れることすら敵《かな》わず、散り散りになって消える。

唱えるのを止めて、波瀬が言う。

「閉じこもるんが好きやなぁ、お前らは」

間延びした物言いだが、その声には、これまでにない凄《すご》みがあった。

「けど——もう、終《しま》いや」

咆哮《ほうこう》と共に、波瀬に向かっておどろしは髪や腕を伸ばす。だが、波瀬はたった一振りでその攻撃の全てを斬り祓《はら》った。銀の刀は、美也のときよりもはるかに強い輝きを放っている。それは、本来の使い手が彼であることを如実に示していた。

「尼子さん！」

波瀬の背後から美也が現れる。彼は拓真たち親子の許《もと》へ駆けて来ると、二人を連れて再び波瀬の背後へと戻った。

「もう大丈夫」

美也はそう言って笑顔を見せた。拓真は脱力して地面に頽《くずお》れる。

ドーム状に形成されていたらしい髪の毛の檻《おり》は崩れ、残ったのは、木の陰に半身を隠したおどろしの本体だ。かなり力を削られたせいか、その身体は初めて視たときよりも二回りほど小さくなっている。だが、禍々《まがまが》しい雰囲気はむしろ増していた。

やつはまだそこにいる。でも、もし逃げられたら――

そんな拓真の気持ちを察したように、美也は笑った。

「心配ない。――もう来《い》てる」

何が、と拓真が尋ねようとしたとき――

風が吹いた。

普段なら風など気にしない。だが、おどろしの森では風が吹いたことなどなかった。あらゆるものは淀《よど》み、停滞していた。

そんな森に、初めて風が吹いたのだ。

――これが〝風呼び〟なのか。

長い風だ。しかもどんどん勢いを増していく。

木々がざわめく。木の葉や枝が大量に舞い、拓真は手を顔の前にかざす。

指の隙間に見えたおどろしの巨大な目は、心なしか戸惑っているかのようだった。それもそのはず、ささやかだった風は、いつしか暴風と呼ぶべき威力に成長していた。耐えられなくなった美也と祐希がしゃがみ、拓真と三人で身を寄せ合う。

波瀬は仁王立ちのまま、おどろしとにらみ合っている。

そして、風が止む。

静寂は、ただの一瞬のことだった。

何かが後ろから近づいてくる気配が、拓真を振り向かせた。

――ざざざざざざ

正面におどろしがいるというのに、そんなことが意識から抜け落ちてしまうほど、異様な気配。人ではない。獣でもない、あり得ない。

もっと巨大で、畏ろしいものが、真っ直ぐにここを目がけて突進している。

――ざざざざざざざざざざ

そして、拓真は見た。

森の向こうから、刃の形をした白い光が、横薙《よこな》ぎでやってくるのを。

まるで、巨人が森そのものを二つに斬り分けようと振るう刀のような……。

――ざざざざざざざざざざざざざざざ

それは、さっきとは比べ物にならないほどの強い風を引き連れてきた。

拓真は咄嗟《とっさ》に祐希の耳に両手を当て、自身は目を閉じる。

巨大な刃が頭上を通った瞬間――鼓膜が破れそうな轟音《ごうおん》が響いた。

あまりの風圧に耐えきれず、拓真たちは横転する。

目を開き、起き上がった拓真が見たのは――おどろしの身体の上半分が、地面に落ちるところだった。落ちた頭部は、土くれのようになって崩れ落ちる。

残った下半分はしばらく立っていたが、やがてぐらりと横に倒れた。切断面からは、ドライアイスの煙に似た白い靄《もや》のようなものがあふれている。

「……やった」拓真はつぶやいた。

斃《たお》したのだ。おどろしを。波瀬の〝風呼び〟が。

前に立つ波瀬は、力を使い果たしたように座り込んだ。

終わった――拓真がそう思った矢先。

靄の中から、か細い腕が出てきた。

土に爪を立てて、這《は》い出ようとしている。

出てきたのは、裸の女だった。

髪を振り乱した、ひどく痩《や》せた女だ。

ずりずりと這いながら、こっちに近づこうとしている。

あれは……シマ、なのだろうか。

あ、ああ……あ、う……

その痛ましい声と姿は、恐怖よりも悲哀をかきたてた。まったく力を感じない。おどろしを構成していた霊体の多くが今の一撃で失われ、残ったのはシマの魂だけなのだ。

いや、彼女の魂も、風前の灯火《ともしび》であることは明らかだった。

ううう、あ、お……

地面を掻《か》くように、シマは腹這いでこっちに来る。

背後で、美也が立ち上がったのがわかった。

「ミヤさん？」

拓真の声を気にも留めず、彼はシマの許へと歩く。その途中で、座り込んだままの波瀬が、何も言わずに刀を差し出した。

美也は逡巡《しゅんじゅん》した様子だったが、それを受け取った。

拓真は、その背中を見送る。

シマの前に立つと、美也はしゃがみ込んだ。拓真からは、丸まった背中しか見えない。

刀を握る腕が、すっと振り上げられる。

あ、たしの……赤ちゃ……

儚《はかな》い声が森に木霊《こだま》した。

美也の腕が、空中で止まる。しかし、それはわずかな時間だった。

「もう、苦しまなくていいよ」

震えた声が、背中越しに聞こえた。

「お前ももう……おやすみ」

銀の刃が月光にきらりと光り――振り下ろされる。

とどめの一撃は、それで十分だった。

まるで線香の火を消したときのような細い煙があがり、すぐに闇に溶けた。

断末魔の叫びすらない、おどろしの最期だった。

途端に、拓真は身体が軽くなったのを感じた。隣にいる祐希も、笑みを浮かべている。

見ると、手の甲にあったはずの痣《あざ》が消えている。

振り返った美也の顔は、憑《つ》き物が落ちたように爽《さわ》やかな――泣き笑いの表情だった。

夜の森に、一陣の風が吹き抜ける。

それは、淀んでいた空気をどこか遠くへ吹き飛ばすような、清々《すがすが》しい風だった。

最終章　再出発

一

「いってきます」

制服に身を包んだ祐希は、二階から降りてくると、拓真たちに手を振った。

彼女は、高校二年生になった。今日は始業式だという。

「おう、いってらっしゃい」

ダイニングテーブルについていた拓真が片手を挙げると、祐希は立ち止まって控えめな笑顔を見せた。

「うん。いってくるね。……お父さん」

そう言って、軽やかな足取りで廊下を歩く娘を、拓真は微笑ましく見送った。

「何や、えらい元気やな」

「そうやねぇ」

茉祐はくすくすと笑い、テーブルの上に牛乳の入ったグラスを置いていく。子供用のハイチェアーに座った勇真は、マグカップのオレンジジュースをんぐんぐと一生懸命に飲んでいた。

今となっては珍しくもない光景。だが、拓真は未《いま》だに、これほど平穏な朝を迎えられることを奇跡のように感じる。一歩間違えれば、一家丸ごと呪い殺されていたのだ。

九ヶ月前の事件の記憶は今も鮮明に残っている。

おどろしを斃した後、拓真たちは森を出て、人里に向かってひたすら歩いた。ようやく電波が通じるところまで辿《たど》り着き、そこからは波瀬の知り合いが長崎市内にいるというので、車で迎えに来てもらったのだ。

一泊してから市内の病院にいき、飛行機で神戸まで戻った。色々と面倒な手続きがあったはずだが、波瀬と美也が全てやってくれたので助かった。まったく、あのときの自分は最年長として情けなかった――というのは拓真の反省点だ。

神戸の病院で、茉祐はすっかり回復していた。電話で長崎県にいると伝えたときはひどく驚いていたが、面と向かって一から十まで説明すると納得してくれた。もう怪異は起きない。そう波瀬たちが話すと、彼女は泣きながら何度も感謝を述べていた。

拓真たちは、家に戻った。

あれ以来、一度も奇妙なことは起きていない。声も匂いもしなくなり、理想的な我が家がようやく手に入った。恐る恐る祖母の家から帰った勇真も、すぐに家の中で笑うようになった。

何もかもがいい方向へと向かっている――少なくとも拓真にはそう思える。

「今日はどない？　遅くなる？」

茉祐が訊《き》く。

「いや、すぐ帰るわ」

拓真は頭の中で仕事の予定を思い出す。仕事も順調だ。杉坂の後任は無愛想だが仕事が早い。部長に聞いたが、何でも超のつく愛妻家で、妻に早く会いたいがために仕事を早く終わらせるという。おかげで余計な飲み会もなくなった。

杉坂は現在、行方不明ということになっている。

拓真たちははっきりと、彼の死体を見た。だが、あの後、警察に通報し森を捜索してもらったが、ついぞ死体は見つからなかったらしい。恐らく、おどろしによって喰《く》い尽くされてしまったのだろう。

彼に対する怒りは、正直、まだくすぶっている。だが、あんなに無残な死を迎えた人間をさらに貶《おとし》めようという気には、到底なれなかった。

「たまには、ミヤちゃんのところで飲んできたらええのに」

茉祐がそう言い、拓真は最後に〈くりむぞん〉にいったのはいつだったか思い出す。確か年末の忘年会の後に、軽くあいさつするために一人でいったのだ。彼は変わらず、そこで女性として働いていた。会話は近況報告くらいだ。波瀬とも同棲《どうせい》を続けていると言っていたが、今も変わりないだろうか。

「……せやな。今夜、久々にいってみるか」

彼らには、お礼を何度述べても足りない。美也は「自分が原因」と言うが、そうだとしても、彼らが命を賭《と》して自分たち家族を助けてくれたことには変わりないのだから。

時計を見る。もう家を出なくてはいけない時間だ。茉祐が持ってきてくれたスーツのジャケットに袖《そで》を通す。彼女はまたくすくすと笑っている。

「何、何がおもろいん？」

笑いながら訊くと、茉祐は「あかんわ。言うてしまお」と拓真の背中を叩《たた》いた。

「あの子——祐希な、カレシおんねんで」

「えっ」拓真は、素《す》っ頓狂《とんきょう》な声を出した。「い、いつから？」

「去年のクリスマス。同じ学年の子に告白されて付き合ったらしいんやけど、何か祐希の方がどんどん好きになっとるみたい。やから、最近ずーっと機嫌ええねん」

聞いていない。あの事件を乗り越えて仲良くなったと思ったのに、そんな重大なことを隠されていたとは。

「今度、その子を家に連れてくるって。まぁ、遊びに来るだけやから仲良うしたって」

拓真は、閉口した。

二

始業式、クラス替えの発表、そして新しいクラスでの自己紹介や説明を終えると、学校は午前中で終わった。

祐希は教室で友達に別れを告げ、一階の下駄箱に向かう。今日はカレシと一緒に帰る約束をしていた。一緒のクラスにはなれなかったが、春休み中はなかなか会えなかったので心が弾んでいる。

終わったのは、祐希のクラスが一番早かったらしい。下駄箱で待っていると、やがてたくさんの生徒であふれる。友達を見かけると、軽く話して、手を振って別れる。ジュンナやチカも別々に見かけたが、声はかけなかった。すでに新しい友達と話が盛り上がっているようだったからだ。

人混みが落ち着いてきたとき、

「ユーキ」

声をかけられて、顔を上げる。

アイカだった。髪の毛は黒に戻っている。化粧も薄くなっていた。

「あ……」祐希は少し慌てた。目を合わせるのも久しぶりだった。

「久しぶり。元気してたん？」

ブレザーのポケットに手を入れたまま、アイカは以前と変わらぬ調子で話してくる。

「うん……アイカも、元気？」

彼女は「うん」と頷《うなず》き、祐希は少し安心した。

九ヶ月前、おどろしに森に連れていかれたアイカだが、全てが終わった後に偶然見つけることができた。まだ意識があり、すすり泣きが聞こえたことが幸運だった。

神戸に戻ってから、アイカは一ヶ月で高校に復帰した。だけど、今までと同じとはいかなかった。祐希はすでにジュンナやチカとは疎遠になり、彼女たちもアイカとは別の生徒をグループに引き入れていたのだ。

アイカはクラスで孤立した。教室で一人頬杖《ほおづえ》をついてスマートフォンをいじっている彼女を見て、何度も声をかけようかと迷ったが、やはり許すことができなかった。

正直、二年生で同じクラスにならなくてホッとしていた。

目の前のアイカは黙っている。何の用だろう、と祐希が思っていると、

「……ありがとう。ほんで、ごめん……」

ピンクのリップが塗られた唇が、小さく動いた。

「あんたに勧めといてあれだけど……もうやってないんだ、パパ活」

初耳だった。

「変なバケモノに襲われて死にかけて……そのときに、もっとマシなことしてりゃよかったって思ったの。多分、それがあたしの本心なんやと思う。……それだけ言いたかっ

たん。じゃあ」

アイカはバツが悪そうに、足早に去っていく。

その背中を見送っていると、入れ替わるようにカレがやってきた。

「ごめん。遅くなった」

「……うん！　ありがとう」

ありがとうって、何が？　と彼は笑う。

何でもない、と笑って、祐希は彼の手を握った。


家に帰って、制服のまま自室のベッドに寝転んだ。

つないでいた手の感触を確かめるように、握ったり開いたりを繰り返す。

彼とは、三ヶ月かけて手をつなげるようになった。祐希の心の整理がついていなかったのだ。男性恐怖症、とまではいかなくても、異性に触れられることに抵抗があった。

今の彼は、本当にやさしい。手をつなぐのも、気持ちが落ち着くまで待っていてくれた。正直、最初は男性への恐怖心を克服するために手伝ってもらおう、程度の気持ちで付き合ったが、今では祐希の方が好きかもしれない。

しかし、男性の性とは悲しいもので、最近手をつなぎ出したばかりなのに、もうそれ以上のことを期待しているのがありありとわかる。そんな彼の態度を、微笑ましいと思えるほどには、祐希の心は恢復《かいふく》していた。

寝返りを打つと、開いたままの部屋の扉が目に入る。

その下の方に、赤い何かがあった。それは、キスマークのように見える。

一瞬にして、鼓動が早くなる。じわりと汗が出る。

まさかと思い、そっと起き上がる。恐る恐る扉へと近づく。

一メートルほどの近さまできて——祐希は脱力した。

それはただの落書きだった。触れてみると、クレヨンだとわかる。勇真が描いたのだ。

ひどいイタズラ……というわけでもなく、あのときのことを憶えていて、何となく描いたのだろう。祐希はへたり込み、安堵《あんど》の息を吐く。

胸を手で押さえる。心臓はまだドキドキしている。

おどろしに植え付けられた恐怖は、まだまだ根深い。

だけど、大丈夫。癒《い》えない傷なんてない。

強くなりたいと思う。

後悔しない生き方ができるように。

いつか、どんな相手にも、笑顔で手を差しのべられるくらいに。

三

バックヤードの黒いカーテンをめくると、カラフルな光が目に入る。お酒と香水と汗の匂い。フロアに熱気と笑い声が渦巻く。美也の顔は、無意識に笑みをたたえている。

　カウンターの席に、尼子が座っていた。初めて会ったときと同じ場所。違うのは、彼の顔つきが晴れやかだということだ。

「来てくれてありがとう」

　美也がブラウンの髪を払うと、尼子は惚《ほ》れ惚《ぼ》れとした表情になる。

「相変わらずきれいですね。ほんま、とても男性には――」

　と言いかけて、尼子は慌てたように自身の口を手で塞《ふさ》ぐ。美也はくすっと笑い、人差し指を桃色の唇にあてて見せた。

　尼子との会話は、だいたいが互いの近況報告だ。ガールズバーのキャストと客というよりは、旧友に近い。上司が定時で帰るのでこっちも早く帰りやすい、勇真が似顔絵を描いてくれた、祐希にカレシができて淋しい――そんな家族の報告に、美也は微笑ましく耳を傾ける。

　おどろしとその呪いが消えて、もう九ヶ月になる。

　呪いのキスマークがきれいに消えているのを見たとき、生まれ変わったような気分だった。どうしてももっと早く、あの森へおどろしを討ちにいかなかったのか、後悔しかない。しかしやつの呪いは、美也の無意識に影響を与えるほど強力だったのだ。

　おどろしが滅び、故郷の森はただの森になった。警察は杉坂の死体を見つけることはできなかったものの、大量の人骨を発見し、一時期はメディアも大騒ぎだった。だが、誰もその真相を摑《つか》めず、やがて事件は迷宮入りを果たす。近頃はニュースでも全く取り上げられなくなった。

それでも、いわくつきの森として、伐採作業は止まるだろう。現代人は、目に見えない神様よりもただの人の死を恐れる。やがてはあの集落も森に呑《の》み込まれる。賀来楽の名前も忘れ去られるだろう。それでも、美也は忘れない。

実は一つ、気になることがあった。

それは、おどろしの、いや、シマが最後に残した言葉。

——あ、たしの……赤ちゃ……

やつは、美也の顔を見て、安らかに表情を緩めたのだ。

あの表情が意味するところをずっと考えていた。

恐らく——シマは、美也の顔に、自分の子供の面影を見たのではないだろうか。

それが意味するところは、つまり、

「……ミヤさん？」

ハッと美也は我に返った。見ると、尼子のグラスは空だ。

「あ……ごめん、何飲む？」

「ほなビールを……って、何かあったんですか？」

ううん、と首を振り……美也は手元のグラスを一気に空にした。

美也は言う。

「疑問なんだ。何で、おどろしはわたしを選んだんだろうって」

「呪いを広める役に……ですか？」

「そう。姉二人もいたのに――何なら、三人とも呪えばよかったのに。だって、呪いの運び屋なんて、いくらでもいていいはずでしょ？　男が呪いやすかったんだと思ってたけど……何だか最近、違う気がしてきて……」

うーん……と尼子は腕を組んだ。美也は空のグラスを見つめる。

呪いから解放されて清々《すがすが》しい気分だったのに、新たな過去の謎は、まるで排水溝に溜《た》まった髪の毛のように、美也の心をいき詰まらせる。集落はとうになくなり、おどろしは消えたのだ。答えを与えてくれる存在はいない。

そうだ、詮無《せんな》いことだ。そう思い話題を変えようとしたとき、尼子が口を開いた。

「――おどろしはきっと、ミヤさんに助けを求めたんやないですか」

「……え？」

美也は視線を尼子に戻した。酔って少し垂れた目が、美也をやさしく見つめている。

「ほら、ミヤさん、何だか話してたら落ち着くし、おどろしも元は人間なら……よりやさしい人にすがりたかったんやないかなって。死んだ後でも森から出られなくて、あいつも辛《つら》かったのかも」

早口でそう言い、尼子は照れたように笑った。

その言葉は、アルコールよりも簡単に、美也の中に沁《し》みていった。

あんな呪いを植え付けたおどろしには、悪意しかないと思い込んでいた。

けれど、あいつも——誰かに助けを求めていたとしたら？

暗い森の中で誰ともつながれず、いつしか「願い」は「呪い」に堕《お》ちたのだとしたら。

「……わたしね、尼子さん。多分、本当の両親を知らないと思う」

突然の告白に、尼子は目を丸くした。

「え？　でも」

「根拠はないよ。でも、姉二人はわたしばかりを執拗《しつよう》にいじめてたし、母親の愛情にも……きょうだいで理不尽なほど落差があった気がする」

一人だけお菓子がなかった。いつも二階へ追いやられた。

名前だって、自分だけ母の字を与えられていない。

気のせいだと言われれば、それまでだろう。真実は今や深い森の中だ。

だけど、そうだとしたら。

おどろしが姉二人ではなく、自分だけを選んだ理由にも〝つながる〟気がする。

ひょっとしたら、おどろしが自分に致命傷を負わせなかったのも、「刀への警戒」や「呪いの拡散」以外の理由があったのかもしれない。

彼女に……まだ人の心が残っていたのだとしたら。

「……ごめん。話変えよ！　何飲む？」

美也は笑顔を浮かべた。尼子も何かを察したように、表情を和らげる。それから三十分ほど飲んで、尼子は帰った。また話題が溜《た》まったときに、来てくれるだろう。

日が変わり、勤務を終えて店を出る。外は小雨が降っていた。

雑居ビルの下には、傘を差した波瀬が立っていた。

美也を見つけると、ただでさえ笑っているのに、嬉《うれ》しそうに口角を上げる。

その右目には、縦に痛ましい傷が残っていた。

「傘借りられるから、迎えに来なくていいのに」

嬉しいのに、ついそんなことを口走ってしまう。波瀬は、傘に美也を招き入れた。

「ええねん。僕、夜の雨ん中、美也と歩くん好きや」

子供みたいなことを言う。美也は「知ってる」と淡白に返す。

二人は夜の街を、肩を並べて歩き出す。飲み屋の電飾は雨露に濡《ぬ》れて、朧《おぼろ》げな輝きを街に落としている。しぼんだ猫が前を横切り、にゃあと不服そうに鳴いた。

一本の傘の下で、二人の手は偶然に何度も触れた。タイミングを計ったように、波瀬の手が美也の指を摑む。美也もその手を握り返す。

「アキラ」

「うん？」

横を向いた波瀬の唇に、美也は自身の唇をそっと重ねた。

「……ありがとう」

こんなに複雑で――呪われてさえいた自分の、そばにいてくれて。

美也は照れ笑いを隠せなかった。波瀬は「おお」と返す。

ビニール傘の下で、彼は変わらずにこにこ笑っている。

信号に捕まる。車も通らない夜の交差点で、二人は帰るまでの距離を惜しむように、じっと待つ。

カンカンカン……と、遠くからかすかに雑居ビルの階段が鳴る音が聞こえた。

あの霊だ。また、ビルの階段を彷徨《さまよ》っているのだろう。

「なぁ、アキラ」

話しかけると、波瀬は「んん？」と横を向く。

「オレにもできるかな。アキラみたいに」

それだけで、何のことか察したらしい。小さな子の将来の夢を聞いた父親のように、彼は朗らかに笑った。美也は少しだけむっとする。

「できるわ。そしたら、僕と美也でコンビ組も」

言われなくてもそのつもりだ。だけど、あえて言葉にしてくれる彼が好きだった。

「修行、付き合ってね」

おお、と波瀬はつないでいる美也の手を小さく掲げた。

そうしたら、まずはあの階段の霊に話を聞きにいこう――と美也は思う。

信号が青に変わる。いこうか、と波瀬が笑いかける。

足並みを揃えて、二人は一歩、同時に歩き出した。

本書は書き下ろしです。
この作品はフィクションであり、実在の人物・地名・団体等とは一切関係ありません。

おどろしの森《もり》
滝川《たきがわ》さり

角川ホラー文庫　22392

令和２年10月25日　初版発行
令和６年６月15日　再版発行

発行者――山下直久
発　行――株式会社KADOKAWA
〒102-8177　東京都千代田区富士見2-13-3
電話 0570-002-301（ナビダイヤル）
印刷所――株式会社KADOKAWA
製本所――株式会社KADOKAWA
装幀者――田島照久

●お問い合わせ
https://www.kadokawa.co.jp/（「お問い合わせ」へお進みください）
※内容によっては、お答えできない場合があります。
※サポートは日本国内のみとさせていただきます。
※Japanese text only

ISBN978-4-04-109959-9　C0193

角川文庫発刊に際して

角川源義

第二次世界大戦の敗北は、軍事力の敗北であった以上に、私たちの若い文化力の敗退であった。私たちの文化が戦争に対して如何に無力であり、単なるあだ花に過ぎなかったかを、私たちは身を以て体験し痛感した。西洋近代文化の摂取にとって、明治以後八十年の歳月は決して短かすぎたとは言えない。にもかかわらず、近代文化の伝統を確立し、自由な批判と柔軟な良識に富む文化層として自らを形成することに私たちは失敗して来た。そしてこれは、各層への文化の普及滲透を任務とする出版人の責任でもあった。

一九四五年以来、私たちは再び振出しに戻り、第一歩から踏み出すことを余儀なくされた。これは大きな不幸ではあるが、反面、これまでの混沌・未熟・歪曲の中にあった我が国の文化に秩序と確たる基礎を齎らすためには絶好の機会でもある。角川書店は、このような祖国の文化的危機にあたり、微力をも顧みず再建の礎石たるべき抱負と決意とをもって出発したが、ここに創立以来の念願を果すべく角川文庫を発刊する。これまで刊行されたあらゆる全集叢書文庫類の長所と短所とを検討し、古今東西の不朽の典籍を、良心的編集のもとに、廉価に、そして書架にふさわしい美本として、多くのひとびとに提供しようとする。しかし私たちは徒らに百科全書的な知識のジレッタントを作ることを目的とせず、あくまで祖国の文化に秩序と再建への道を示し、この文庫を角川書店の栄ある事業として、今後永久に継続発展せしめ、学芸と教養との殿堂として大成せんことを期したい。多くの読書子の愛情ある忠言と支持とによって、この希望と抱負とを完遂せしめられんことを願う。

一九四九年五月三日

お孵《かえ》り

滝川さり

生まれ変わり伝説の村で、惨劇の幕が上がる!

橘佑二は、結婚の挨拶のために婚約者・乙瑠《いちる》の故郷である九州山中の村を訪れていたが、そこで異様な儀式を目撃してしまう。実は村には生まれ変わりの伝承があり、皆がその神を崇拝しているというのだ。佑二は言い知れぬ恐怖を覚えたが、乙瑠の出産でやむを得ず村を再訪する。だが生まれた子供は神の器として囚われてしまい……。佑二は家族を取り戻せるのか⁉　一気読み必至の第39回横溝正史ミステリ& ホラー大賞読者賞受賞作。

角川ホラー文庫

ISBN 978-4-04-108826-5

祭火小夜の後悔

秋竹サラダ

「その怪異、私は知っています」

毎晩夢に現れ、少しずつ近づいてくる巨大な虫。この虫に憑かれ眠れなくなっていた男子高校生の浅井《あさい》は、見知らぬ女子生徒の祭火《まつりび》から解決法を教えられる。幼い頃に「しげとら」と取引し、取り立てに怯える糸川葵《いとかわあおい》も、同級生の祭火に、ある言葉をかけられて——怪異に直面した人の前に現れ、助言をくれる少女・祭火小夜《さや》。彼女の抱える誰にも言えない秘密とは？　新しい「怖さ」が鮮烈な、第25回日本ホラー小説大賞&読者賞W《ダブル》受賞作。

角川ホラー文庫

ISBN 978-4-04-109132-6

ISBN 978-4-04-107327-8